瑠璃《るり》の水菓子

料理人季蔵捕物控

和田はつ子

時代小説文庫

角川春樹事務所

目次

第一話　河童きゅうり

一

豪雨と雷の後に、長く感じられた鬱陶《うっとう》しい江戸の梅雨《つゆ》がやっと明けた。翌日からは、からりと晴れたのはうれしいものの、市中の人たちは、日の出から日の入りまで陽射《ひざ》しのぎらつく夏空を見上げることになる。

江戸の夏は眩《まぶ》しく暑い。

日本橋は木原店《きはらだな》にある一膳飯屋《いちぜんめしや》塩梅屋《あんばいや》では、このところ、今が盛りの叩《たた》き胡瓜《きゅうり》が始終供されている。

叩き胡瓜とは胡瓜を縦半分に切り、擂《す》り粉木《こぎ》で叩き、食べやすい大きさにしたのち、塩と胡麻油《ごまあぶら》を加えてよく揉《も》み混ぜ、しばらくおいておき、味を馴染《なじ》ませたものが基本であった。

「あたしね、今日の朝は叩き胡瓜の梅かつおを工夫してみたのよ。これがなかなかでね――」

塩梅屋の看板娘おき玖《く》は小鉢の叩き胡瓜の梅かつおを賄いの膳の上にそっと置いた。

叩き胡瓜の梅かつおというのは、叩いた胡瓜を、種を除いて包丁で細かく潰《つぶ》した梅干しで和《あ》え、鰹節《かつおぶし》、炒《い》り胡麻、胡麻油で仕上げる。

「わたしは昼の賄い用に、菜になる叩き胡瓜の酢の物を作ってみました」

主《あるじ》の季蔵《としぞう》は、すでに作り置いてあった叩き胡瓜の酢の物を盛りつけた。

この酢の物は胡瓜を叩く前に塩を振ってしんなりさせ、胡麻油を引いた鉄鍋《てつなべ》で炒《いた》めて、醤油《しょうゆ》、酢、砂糖、赤唐辛子を合わせた鉢に入れ、充分に味を胡瓜に染みこませて供する。

「よりによって、おミソのおいらにお客さんたちに出せる叩き胡瓜の肴《さかな》を、二品も考えろなんて、うーん、頭が痛いや」

下働きの三吉《さんきち》は頭を抱え込んで見せたが、その実、一人前扱いされたことに満更でもない顔つきで、

「勿体《もったい》ぶらないで。お腹《なか》も空《す》いてきたし、早く作ってちょうだいよ。何せ、今日のお昼は叩き胡瓜尽くしなんだから」

おき玖は朝炊きあげて櫃《ひつ》に移してある飯の方をちらりと見た。

「よし、それじゃあ――」

勢い込んだ三吉は準備していた茗荷《みょうが》を加えて、叩き胡瓜の茗荷風味を拵《こしら》えた。

これは赤唐辛子、砂糖、醤油、胡麻油、酢を合わせて小鍋で煮立て、叩いた胡瓜をしばらく漬け込み、縦半分に切ってから斜横切りにした茗荷を混ぜて食する。

「あと一品は？」

　おき玖に促された三吉は、

「勘弁してよ。あと一品も考えてはみたんだよ。胡瓜の叩き料理は、どれも胡麻油使いだから、これを外して、何かできないかって――。ぱっと思いついたのは叩き胡瓜の漬け物だったんだよ」

「それ、いいじゃないか」

　季蔵は笑みをみせたが、

「今時分、胡瓜は家にも沢山買ってあるから、おいら、昨日の夜、試してみたんだ。丸のまま糠味噌《ぬかみそ》に漬けるのはよくあるけど、叩き胡瓜にして味噌に漬けちゃあ、漬かりすぎちゃうし月並みだろ。それで、思いついたのが醬油漬け。でも、それ、朝、食べてみたら、醬油の味ばっかし強くて、美味《うま》くない。今一つだったんだよ」

　三吉は憂鬱《ゆううつ》そうで、

「叩き胡瓜の茗荷風味の方は、ほんとに逆立ちして知恵を絞ったんだけど、でも、これ、さっきの季蔵さんの叩き胡瓜の酢の物と、タレに合わせるものがそっくり同じだよね。やっぱ、おいらの知恵なんか、いくら絞っても駄目なのかも――」

　うなだれてしまった。

「まあ、食べてみよう」

　季蔵は叩き胡瓜の料理三品を並べ、おき玖は飯を飯茶碗によそった。

「叩き胡瓜の茗荷風味、酢の物、梅かつおの順番に食べてみてください」

飯茶碗《ぢゃわん》を手にした季蔵が箸《はし》を使うと、二人が倣《なら》った。

「茗荷風味、上品な味よ。酢の物の方はしっかり味がついてて、ご飯が進むわ」

おき玖が洩《も》らすと、

「ほんとだ。おいらの茗荷風味と季蔵さんの酢の物は違う味だ」

三吉は目を瞠《みは》った。

「同じタレを使っても、叩いた胡瓜を炒めてタレと絡めた酢の物の方が、タレを煮立てて胡瓜と絡めた茗荷風味より、濃く味がつくのだ。お客様に肴としてお出しするには、やや薄味で、茗荷が胡瓜の風味を引き立てている、三吉の茗荷風味にはとても敵《かな》わないよ」

季蔵は三吉に優しい目を向けた。

「あたしの梅かつお、朝、食べた時はイケると思ったのに今はそれほどでもないわね」

おき玖が苦笑すると、

「それはきっと、朝の舌と昼の舌が異なるからです。目が醒《さ》めて間もない朝は、梅の酸味と鰹の強い風味が食をそそるのですが、今頃になると、舌は刺激的な酸味や風味よりも、奥深い旨味《うまみ》に惹《ひ》かれるのではないかと思います」

季蔵は思うところを口にして、

「というわけだから、夕刻においでになる、お客様の舌を楽しませる叩き胡瓜の料理を、もう一品、是非とも頼むぞ。今日、明日とは言わないが、せめて、胡瓜が盛りなうちに

——」

三吉の顔を見据えた。

「へい」

にっこり笑った三吉が首をすくめて頷《うなず》いたところに、

「お邪魔しますよ」

油障子が開いて、胡瓜売りの平助《へいすけ》が入ってきた。

「あ、河童屋《かっぱや》さんだ」

思わず三吉が口走ると、

「毎度ご贔屓《ひいき》に。河童屋ですよ」

大きな籠《かご》を背負った平助が、にっと笑って皺深《しわぶか》い顔を綻《ほころ》ばせて季蔵の前に立った。

顔こそ皺が深く、笑うと目鼻口が皺の中に埋もれて見えなくなるほどの平助は、まだ薄毛にもなっていない四十歳前の年頃であった。もっとも、手入れがされていない町人髷《まげ》や木綿《もめん》の着物は常に薄汚れている。

「今日の胡瓜はもいでから、一刻（約二時間）と経《た》っていない極上物だよ。叩きなんぞにせずとも、丸ごと、塩も振らずに食べられんだよ」

「へえ、丸ごと、塩も振らずに？」

おき玖の目が輝いた。

「まあ、一本食べてみな」

平助が胡瓜を差しだした。

「それじゃ――」

胡瓜料理を食べたばかりだというのに、おき玖の手は平助の胡瓜に伸びた。

「ああ、ほんと。この胡瓜、とっても柔らかで、涼やかな風味。またとない涼味ね。もっと食べられそう」

おき玖はあっという間に、こりこりといい歯音を立てながら食べ終えてしまった。

「八ツ刻《どき》（午後二時頃）用に五本ください」

季蔵は青物屋の三倍という高値のつけられている、胡瓜の代金を払った。

「これまた、毎度ありぃ」

銭を受け取ると、平助は背中から籠を下ろして床几《しょうぎ》に座った。

こほんと一つ咳払《せきばら》いをして、

「それでは、今日も始まり、始まり――」

平助が芝居がかった声を出すと、

「待ってました」

すかさず三吉が手を叩いた。おき玖や季蔵もそれに倣う。

平助が売り歩いているのは、本所《ほんじょ》にある、猫の額ほどの畑で作っている胡瓜であった。

胡瓜が実っていない時の平助は季節売りと呼ばれる、桜草や蚊帳《かや》、盆提灯《ぼんぢょうちん》、注連飾《しめかざ》り等、時季に応じた品々を売って暮らしを立てている。

今は胡瓜と一緒に河童の話を商っていた。

なぜか、この時季になると、市井の人たちは怖いもの見たさに寄席《よせ》や歌舞伎《かぶき》の怪談に惹かれ、ついでに平助の河童話も聴いてみたくなるのであった。

市中で平助ほど河童を愛している者はいなかった。そもそも平助が自分で育てた胡瓜を売るのは、河童の好物が胡瓜だからという理由なのである。

わざわざ日本橋から本所に居を移したのも、本所七不思議の一つで、お化けの正体は河童だとされている、おいてけ堀（錦糸堀）の近くに住み、河童と出遭いたいという切望ゆえであった。

「まずは〝おいてけ堀〟の話をしよう」

平助は繰り返し、気に入っている、おいてけ堀の話をする。

本所周辺には人気《ひとけ》の少ない堀が数多くあり、夕方、釣り人が魚を釣って帰ろうとすると、ぞくぞくと寒気がしてきて、堀の中から〝おいてけ‼　おいてけ‼〟と河童の声がする。たまらなくなって、あわてて、魚を置いて一目散に逃げ出した。後々も、何人もの釣り人が同じ経験をしたとされるのが、〝おいてけ堀〟の話であった。

「苦労して釣った魚だもの、置いていかなかった人だってきっといたよね。そういう人はどうなったの？」

三吉も平助の応《こた》えがわかっていて訊《き》く。

「そいつは近く祝言だったんだが、祝いの盃を交わし合った後、夜更けて隣りに寝てる恋女房の顔を見て仰天した。小町娘だったはずの女が河童そっくりに変わってたんだ。頭に皿が乗ってて、手足に水掻《みずか》きがついてたってさ。〝あたしの魚を食べたんだもの、あんたとはずっと一緒よ〟って河童女は言ったそうだ。もちろん、その漁師は気がおかしくなって、首を括《くく》って死んじまった」

平助は思いきり低い凄《すご》みのある声で呟《つぶや》くと、

「祟《たた》りだ‼　祟りだ‼　河童様の祟りだぞ」

大声を上げた。

二

「この前の話じゃ、河童と祝言した漁師は、河童の声がしたおいてけ堀に嵌《はま》って死んだんじゃなかった？」

おき玖が怪訝《けげん》な顔を向けると、

「それじゃ、来世でも河童と一緒ってことになって、漁師が可哀想《かわいそう》すぎると、お客さんの一人に言われたんで、中には、首を括った奴もいただろうと思い、今日はそいつの話をしたんだ。俺なら、堀に嵌らされるほど、河童に想《おも》われてみてえもんだがな」

平助は憮然《ぶぜん》とした面持ちで先を続ける。

「今日の新ネタは河童の塩漬けってえので行くぜ」

「え、塩漬け？」

三吉が丸く目を瞠ると、

「河童を食べるなんて話なら願い下げよ。うちは一膳飯屋なんだから――」

おき玖は眉《まゆ》を上げた。

――河童を罪人と見なして塩漬けにし、裁きが終わるまで骸《むくろ》を保存したのだろう――

元武士だった季蔵には真意がわかった。

「天明元年（一七八二）の八月、仙台河岸《せんだいがし》、伊達《だて》様の蔵屋敷で起きたことだってえのさ。そこじゃ、小さな子どもたちがてえした理由もないのに次々に、堀に落ちて溺《おぼ》れ死んだ。これをおかしく思った者が、堀の中をせき止めて水を干上がらせたところ、泥に潜りながら、まるで風のように素早く動き廻《まわ》るものがいて、ようやく、これを鉄砲で仕留めた。その絵を見た曲淵甲斐守《まがりぶちかいのかみ》ってえ殿様が、〝昔、わしも河童の絵というものを見たことがあるが、塩漬けにされる前に描かれたという、この堀のものと瓜《うり》二つだ〟と驚いたんだそうだ」

そこまで話して平助は懐を探ると、二つに折られている紙を広げて見せた。

「伊達様んとこから洩《も》れ伝わる、写し絵のまた写しだよ」

「お、河童絵」

描かれている奇怪な河童は、両手足と頭の皿以外はほぼ人の姿をして、二本足で立っている。目がやや吊《つ》り上がり、天狗鼻《てんぐばな》が据わり、頭が薄毛で、心持ち突き出た腹の下に男の証《あかし》がちらりと見えている。

おき玖は河童絵から目を逸《そ》らせた。

「ぱっとしない上に、おっかないおじさんみたいな河童だね、可愛《かわい》い女の子の河童絵はないのかな？」

三吉が呟くと、

「俺は一生かかっても、女の河童の絵を手に入れたいと思ってる」

平助は勢い込んで決意のほどを示すと、

「それじゃ、今日のところはこのへんで――。ありがとさん」

籠を背負って帰って行った。

「季蔵さん、河童を見たことがあるかい？　おいら、まだ一度もないんだけど」

三吉に訊かれた季蔵は、

「残念ながら」

首を横に振った。

「あたしもないわ」

倣ったおき玖は、

「それにほんとにいるのかしらね、河童なんて」

首をかしげた。

「へっ、お嬢さんは河童がいないかもしんないって思ってんのか――」

「男の河童――」

平助の河童話に聞き惚《ほ》れていた三吉は、非難の籠《こ》もった物言いになった。

「だって、河童の絵は今日見せてもらったものの他にも、いろいろ見てるけど、みんな同じようなものよ。ほんとにいるんなら、女の河童の絵があってもいいはずじゃない？　女の河童に好かれる話だけあって、絵がないのは変よ」

「そのうち、平助さんが見つけてくれるよ」

河童話が好きで平助贔屓の三吉が口を尖《とが》らせると、

「それより、三吉、水場に住む河童は子どもを水の中に引き込むというから、せいぜい気をつけることだ」

季蔵は河童話を仕舞いにした。

「おいら、もう、小さな子どもじゃないもん」

真に受けた三吉の口が益々尖ると、

「だったら、もう一品、お客様に喜んでいただける、叩き胡瓜の逸品を考えられるはずよ。諦《あきら》めずに向き合って」

ここぞとばかりにおき玖は釘《くぎ》を刺し、季蔵は目で頷いた。

それからしばらく、暮れ六ツ（午後六時頃）を過ぎても暑い日が続いた。

塩梅屋では叩き胡瓜の料理が客たちに人気を博している。

「これは口福涼だよ」

履物屋の隠居で女と粋をこよなく愛する喜《き》平《へい》は、これだけで酒を飲み、

「おちえの作る叩き胡瓜もなかなかだぜ、俺の好きな茹《ゆ》で蛸《だこ》が刻んで入ってんだ」

連れで愛妻家の大工辰吉《たつきち》は、褞袍《どてら》のような大女である女房自慢に終始した。

北町奉行所定町廻《じょうまちまわ》り同心の田端宗太郎《たばたそうたろう》と、岡《おか》っ引《ぴ》きの松次《まつじ》が塩梅屋を訪れたのは、そんなある日の昼を少し過ぎた頃であった。

「お役目、ご苦労様です」

おき玖は素早く、大酒飲みの田端には冷やの湯呑《ゆの》み酒を、下戸《げこ》の松次には甘酒を運んだ。

「いかがです？」

季蔵は食べ頃に漬かった叩き胡瓜の酢の物を松次に勧めた。

酒一辺倒の田端は滅多に肴には手を付けない。暑さで食の進まないこの時季はなおさらであった。常から長身瘦軀《そうく》の田端だったが、顎《あご》までも尖ってきている。

「そうだな」

松次は平たく四角い顔をしかめた。

――これは親分の好物で、この間は何皿も平らげたはずだが――

「暑い時に水気の多い胡瓜は何よりなんだが、今はちょっと――」

――飽きることもあるだろう――

「腹は空いてる。飯があったら――」

「今日は珍しく昼にも飯を炊きました。少しお待ちください」

季蔵は青紫蘇《あおじそ》を千切りにして水に晒《さら》して水気を切った。穂紫蘇《じそ》は花の部分を摘み、生姜《しょうが》はすりおろしておく。

　飯をどんぶりに盛ってこれらと混ぜ合わせ、煮立たせた出汁《だし》を醤油と塩で調味して、上にかけると紫蘇《しそ》飯が出来上がった。

「いい匂《にお》いだ」

　松次は塩梅屋の客たちの中でも、喜平同様、横綱級の食通である。早速息もつかずにさらさらと、三膳胃の腑《ふ》に納めてしまった。

「夏はこの手の飯に限るよ」

　ふうとため息をついて、額に噴き出た汗を手拭《てぬぐ》いで拭《ふ》いた。

「このあとは冷や汁にしましょうか？」

　冷や汁は茗荷や紫蘇等の夏野菜に、葱《ねぎ》、魚の干物等を具にした出汁を味噌、胡麻で調味し、よく冷やし、さました飯にかけて食べる、夏ならではの料理である。

「いいや、止《よ》しとく。あれには胡瓜が浮いてるから」

　松次はまた顔をしかめた。

　冷や汁にはたいてい、胡瓜の薄い輪切りが使われる。

「胡瓜はお好きなはずでは？」

　季蔵が首をかしげると、

「つい、何日か前までは、そうだったんだがな――」

　松次は律儀に田端の方を窺《うかが》った。

——おや、胡瓜が事件と関《かか》わっているのだろうか？——

季蔵は田端の方を見た。

松次に頷いて見せた田端は、

「北割下水《わりげすい》で男が殺されていた。骸《むくろ》は素っ裸に剝《む》かれていて、胡瓜を手にしていたのだ」

淡々とした口調で告げた。

「素っ裸ではどこの誰だかわかりませんね」

「左腕に入れ墨が入ってたので、また前科者だと思う」

「またとは？」

季蔵が首をかしげかけると、

「同じような仏さんが三日前にも出たんだよ。場所は源森川《げんもりかわ》南岸の瓦焼き場だった。背中に妙な彫り物がありそいつにも入れ墨があったんで、調べたところ、浅草界隈《かいわい》をねじろにしていた釜八《かまはち》って奴だと知れた。釜八は弱い者を相手に脅しを続けてて、弾みで空き巣もやる、けちなごろつきだよ。おおかた、北割下水の仏さんも似たかよったかだろう」

「一件ならともかく、二件も同様の骸が出たとなれば、これは喧嘩《けんか》などの弾みで殺《あや》められたものではない」

「骸にあった彫り物や胡瓜が気になります」

「おそらく、下手人が細工したものだ。このまま調子に乗らせて、三件、四件と続ける前に何としても捕らえねばならぬ」

言い切った田端は、

「おまえに骸を視《み》てもらいたい。頼む」

床几から立ち上がって戸口へと向かった。

「承知しました」

季蔵はおき玖に後を頼むといいながら、前垂れと襷《たすき》を外して、身支度を調えると二人の後についた。

三人はいつもの番屋へではなく、北町奉行所へと向かっている。

「何しろ、この暑さだから、番屋に置いては出入りする者がたまんねえし、骸に付いてる証も、駄目になっちまうんじゃねえかってことで、お奉行様が奉行所の裏手にある氷室を使わせてくれてるんだよ」

松次の言葉に、

――この件にはすでに、お奉行様も乗り出しておいでなのか――

北町奉行烏谷椋十郎《からすだにりようじゆうろう》は先代塩梅屋主長次郎《ちようじろう》の頃からの常連であった。刀を捨て、料理人として、市井に生きると決めた季蔵は、先代亡き後、塩梅屋だけではなく、烏谷の命を受ける隠れ者の人生をも受け容《い》れていた。

塩梅屋季蔵には、おき玖たちにも知られていない裏の顔があったのである。

三

三人は北町奉行所の裏門を潜《くぐ》り抜けて、氷室へと続く、木々が鬱蒼《うっそう》と茂っている薄暗い道を歩いた。

氷室の中に入るとさすがに涼しかった。

「あそこだ」

骸二体は氷室の床で筵《むしろ》を被《かぶ》っている。

「さあ、視てくんな」

松次が筵を剝《は》ぎ取った。

どちらも三十歳前の屈強な男たちで、胡瓜を右手に握っている。

「亡くなったのは頭を殴られてのことですね」

二体の骸の頭は無残に潰《つぶ》れている。

「人の拳《こぶし》ではとてもここまでは——たぶん、石のような固いものが使われたはずです」

季蔵の言葉に、田端と松次は頷き、

「お上の目は節穴ではないぞ。そのようなこと、とっくにわかっておったわい」

背後で大声が響き渡った。

奉行の烏谷椋十郎が仁王立ちしている。

「これはお奉行」

田端は狼狽《うろた》え、松次は腰を抜かして蹲《うずくま》った。

烏谷は大きな丸い目を瞠りながら、

「なに、もう一度、骸を検《あらた》めてみようと思ったまでのこと。そちたちと出くわすとは思わなんだ。だが、初心に帰っての骸検め、よい心がけであるぞ。褒めて遣わす」

あははと声だけで笑って、

「しかし、このようなところで、塩梅屋の主と会うは奇遇よな」

季蔵に目配せした。

――これは自分たちのつながりを、深くは知られてはならぬという警告だ――

そして、

「料理人に頼らずば、この一件、解決せぬのかな」

田端たちに皮肉を噛《か》ませるのを忘れなかった。

「それは――」

田端は顔色を変えて口籠《くちご》もり、松次は立ち上がろうともがいたが、

「捕り物好きゆえ、ついつい、余計なお願いをいたしまして」

さらりと言い放った季蔵は頭《こうべ》を垂れた。

「まあ、よい」

烏谷は鷹揚《おうよう》に頷くと、

「それでは再度、骸検めを行う」

凜《りん》と大声を張った。

こうして二体の骸は、昼間でも薄暗い氷室の中を照らす蠟燭《ろうそく》の火を頼りに、仰《あお》向けから
うつ伏せにされて、くまなく調べ尽くされることになった。

「三日前の骸、釜八と申すのですが、背中に不思議な彫り物がありました。それはすでに
調べ書に書きました」

田端が指さした釜八の背中には、祝いごとの杯を横にしたものから触手のようなものが
無数に垂れ下がっている。

「クラゲでしょうか?」

田端の指摘に、

「クラゲねえ――」

首をかしげた烏谷は、

「たしかにおかしな趣味よの」

さらに深く首を傾けた。

「新しい彫痕《ほりあと》と見受けました」

季蔵は彫り物に目を凝らして、

「墨がまだ肌に馴染んでいませんし、彫り物を施すために、肌に絵図を描いた痕も残って
います」

「新しい方の骸には彫り物はないようだ」

烏谷の念押しに田端は頷いたが、

「背中にあるとは限りません」

季蔵は両腕を持ち上げて腋《わき》の下を開いた。

「ありました」

クラゲの絵図が両腋の下に描かれていた。ただし、なかには、真っ黒な墨がなすりつけられているかのような所もあった。

「もしや――」

田端はすぐに気づいて、

「こちらの方は彫り物ではなく、どれも、墨でクラゲの絵図が描かれているだけです」

唖然《あぜん》とした面持ちになった。

「どういうことかの？」

烏谷は季蔵と田端を代わる代わるに見た。

季蔵はあえて土間に目を落とし、

「こんなことを自分でするとはとても思えません。これはどう見ても下手人の仕業です。この骸が上がったのは、夕立のあった日の翌日でした。頭からの血が多少残っていましたので、殺したのは、大降りの雨が止《や》みかけていた頃だったのではないかと思います。何かの理由で下手人は、前の時のように彫り物を施す時が無かったので、両腋の下に絵を描くことを思いついたのです。両腋の下に描いて腕をきちんと体に付けておけば、雨で流れ落ちて無くなってしまうことはないと踏んだのでしょう」

田端が応えた。

「なにゆえ、下手人はクラゲに拘《こだわ》るのか？」

烏谷が鋭い目で宙を睨《にら》んだ。

「胡瓜にも拘りがあるようです」

季蔵は田端を見た。

「そうか、そうだったのか——」

田端は大きく頷き、

「河童です。クラゲのように見えるのは、河童が頭の上に載せている皿ではないかと思います」

「なるほどな」

勢い込んだ口調で告げると、

烏谷はうんと首を縦に振って、

「下手人は河童か。二人は入れ墨者ゆえ、これは河童の天誅《てんちゅう》ということになるのかな」

試すような目を田端に投げた。

「そ、その通り——」

相づちを打ちかけた松次を、

「いや、違う」

睨み据えた田端は、

「下手人は河童の天誅を騙《かた》った、人です。なぜなら、河童の手は水掻きですので、細い筆で字を書くことも、彫り物を施すこともできないはずですから」

真顔できっぱりと言い切った。

「人を裁くはお上のみが許されることだ。河童の天誅などという勝手をする戯《たわ》け者《もの》は、いたずらに人心を乱す不逞《ふてい》の輩《やから》ゆえ、市中に付和雷同する者たちが出て来ぬうちに、一刻も早くお縄にして我らの裁きを下さねばならぬ」

そう言って踵《きびす》を返した烏谷は、

「今年はとにかく、暑い、暑い。えてして、こういう夏は、人の心がいらいらとざわつくものだ。くれぐれもこの河童天誅を他の悪事に飛び火させてはならぬぞ。心してかかれ、よいな」

さらに声を張って出口へと向かった。

この日の夕刻、塩梅屋の離れでは、長唄《ながうた》の師匠のお連《れん》と、米問屋米沢屋《よねざわや》の主征左衛門《せいざえもん》が膳を囲んでいた。

「どうかとは思うんだけど、米沢屋さんは、おとっつぁんの頃からの熱心なご贔屓さんなんで断れないのよ。何しろ、おとっつぁんの頃は始終、お店に伺って、お料理をお作りしてたし——仕方ないのよ」

一応、おき玖はぼやいてみせた。

そもそも塩梅屋の離れで客をもてなすことは滅多にないのだが、かつての上得意客の申し出を断り切れずに、離れを提供することになったのであった。

「それでも季蔵さん、これはたいしたことよ。米沢屋さんときたら、おとっつぁんが死んじまってからこっち、ずっとお見限りだったんだもの。季蔵さんの料理の腕前、相当広く知れ渡ってるんだわね」

その声は弾んでいた。

「期待外れでがっかりなさることがないとよろしいのですが――」

応えた季蔵は、常と変わらずに淡々と料理を作り上げた。

米沢屋征左衛門は食通と聞いていたが、年増の色気をむんむん発散させている、お連の手を引くようにして、そそくさと離れに入ってしまい、

「米沢屋さん、〝弁当仕立てにしてくれ、酒は冷やの大徳利でいい〟ですって。何だかねえ――」

案内したおき玖は腰を折られた様子だった。

弁当仕立ての献立は、一品一品運んで供するものではない。塩梅屋のようなところを訪れて、弁当仕立てを所望するのは、作りたてを食べずともよいということになり、食通にはあるまじき食べ方である。

「このところ噂《うわさ》にはなってるわな」

店に居合わせていた喜平がにやりと笑った。

「あの米沢屋もいよいよ、尻に女の火が点《つ》いたてぇのかい？」

　相棒の辰吉が相づちを打ちかけて、

「あんたと米沢屋、助平同士でさぞかし話が合うだろうよ。それとも、あんたの方はお連に岡惚れかい？」

　口をへの字に曲げて、恋女房を以前褞袍と評されたことの意趣返しを試みた。岡惚れとは片想いのことである。

「わしをあの人でなしの米沢屋と一緒にしてもらっちゃ困るね。たしかにこっそり、嫁の寝姿を盗み見たわしは、助平には違いないが道は心得てる。悔いて店を倅《せがれ》に譲ってからは、嫁の首から下は決して見ないようにしてる。助平道とて人の道を外れちゃいかん。それに、腐った柿みたいなお連は、わしの好みじゃない。前に長唄の稽古《けいこ》に通っていた頃、誘われたが、断った」

「御隠居が据え膳を断るとはね」

　疑わしそうな辰吉の目を撥《は》ね返すように、

「お連の助平女ぶりときたら、盛りのついた犬猫以上だよ」

　喜平は吐き出すように言った。

　しかし、おき玖は、

「お連さん、少し悪く言われすぎじゃないかしら？　長唄の芸一つで女一人、辛《つら》い浮き世を渡ってきたんだもの、多少のことはあってても――」

絶世というわけではないが、そこそこの美人で、笑うと猫に似る目元に独特の色気が滲《にじ》み、誰に対してもにこにこと笑みを絶やさないお連に同情的だった。

だが、後日、〝明日、また、離れでお料理をお願いします〟と書かれたお連からの文を受け取った翌日の夕刻、伴ってきた相手の顔を見て仰天した。

四

「この間の霜降り鰹って言ったかしら、あれが、また食べたくなったの、よろしくお願いね」

そう告げたお連は素早く、季蔵に流し目をくれた後、うっとりとした眼差《まなざ》しを連れの若い男に向けた。

「かしこまりました」

季蔵は離れへの案内をおき玖に任せると、鰹を買いに行かせようと、三吉を呼んだ時、「かつおぉ、かつおぉぉ、さくぅう、さくぅぅう、やすいぃぃ――」

折り良く、棒手振《ぼてふ》りの鰹売りが店の前を通りかかった。

青葉の頃には珍しく高価だった鰹も、盛夏ともなると、余るほど揚がるので、鰹売りは始終通りかかる。盛夏の鰹は安価ではあったが、相応の食べ方を工夫しなければならない。

そもそも鮮度が落ちやすいのが鰹である。夕刻まで売れ残ったものについては、刺身で供するのは避けて、小指の半分ほどの棒状に切り揃《そろ》え熱湯をかける。

冷水に取り、引き上げて水気を拭く。

ぴりっと辛いおろし夏大根の搾り汁をかけて、蓋付《ふたつ》きの平たい器に入れ、盥《たらい》の井戸水に漬けて冷やす。

三吉が訊いてきた。

「霜降り鰹って、刺身のように蓼酢《たです》や芥子《からし》を用いたタレは使わないんだね」

「初鰹の類は赤身で脂が少ないから、蓼酢や芥子醤油との相性がいいが、今時のものとなると、脂がのっているので、蓼酢や芥子醤油よりも強い風味のタレでないと。傷みやすい時季でもあるし、鰹の臭みが口に残る。それにおろした大根はたいそう胃の腑や腸にいいとされているし、山芋は精がつく」

「霜降り鰹って夏の暑さに負けないための料理なんだね」

「そうだ」

季蔵は温かく微笑して、鰹を小鉢に盛りつけ、山芋と醤油をかけて供した。

「お願いします」

二人を離れへ案内して戻ってきていたおき玖に頼むと、

「季蔵さんが運んで」

珍しくおき玖が首を激しく横に振った。

――何だろう?――

おき玖は不機嫌とも怒りとも悲しみともつかない、思い詰めた表情で両手の拳を握りしめている。

「もしかして、さっきの長羽織の伊達男《だて》、お嬢さんの初恋の相手だったりして?」

場の空気を読み違えた三吉が茶化すと、

「この馬鹿‼」

おき玖は拳で殴りかかる代わりに、襷を外し、三吉めがけて投げつけ、

「とにかく、離れへ行けばわかることよ」

季蔵を促した。

霜降り鰹の小鉢を載せた盆を手にして離れの前に立った。

——これは——

戸口で立ち止まったのは、男女の熱い吐息と睦《むつ》み合う声が聞こえたからである。

「ああ、お連、何っておまえは可愛いんだ」

「あたしはもうそろそろ三十路《みそじ》。若旦那《わかだんな》より八つも上ですよ」

「義父《おやじ》に抱かれるのがそんなにいいのか?」

「ううっ、そ、そんなに——か、堪忍して」

「あの強突張《ごうつくば》りの義父とは別れてくれ」

「ああっ、もう、あたし——。でも、若旦那には、家付き娘のお内儀さんがおいでじゃありませんか」

「手代だった頃、面白半分にちょいと手ほどきしてやったら、すっかり俺の身体《からだ》に溺れて、

どうしても夫婦《めおと》になってくれ、なってくれなきゃ首を括って死ぬと騒ぎ立てたものだから、仕方なく祝言を挙げたまでのことさ。でくのぼうを抱いているみたいで面白くもおかしくもない奴だよ、女房は。おまえとは段違いだ。どうだ？」

「そ、そこ、そこが――あああぁ、あたしもう溶けてなくなりそう――」

「義父なんぞより、俺の方がいいと言え」

「いい、いい、あんたがいい。いつでも、こんなことしていたい――」

「してるじゃないか」

「いつもじゃなきゃ――」

「なら、俺もあの美味《うま》くない女と別れる」

「そんなことしてくれなくても、あたしはあんたとさえ、こうして会えるなら、それでいいの。だから、気に染まない米沢屋さんとも――。あいつ、あたしに長唄の師匠を止めさせて、家作の一軒家に囲ってくれるっていうのよ」

「義父もおまえを一人占めする気だな」

「一軒家は山谷《さんや》堀の田中。あいつは色事と同じくらい商いや家の中を、牛耳《ぎゅうじ》るのが大好きで忙しいし、若旦那とは名ばかりのあんたには暇がたっぷりあるわ。日を決めておけば鉢合わせにならない」

「それでも、おまえはあいつに抱かれるわけだ」

「身体だけね、心はそで吉《きち》さん、あんたのものよ」

「そうだ、おまえ、あいつをとことん溺れさせて、たっぷり搾ってやれ。そいつを元手に俺たちはいずれ夫婦になる」

「もちろん、そのつもり」

「ああ、お連」

「あらまた？　嫌あね、そで吉さんったら。でも、あたしもまた、ああああぁぁぁ――」

――なるほど、そういうことだったのか――

季蔵はそっと戸を開けると、手にしていた盆をすっと差し入れてその場を離れた。

店に戻った季蔵は、

「霜降り鰹はおろした大根の風味が消えないうちに、作りたてを召し上がってもらいたかったのですが――」

おき玖に向けて苦笑した。

「前の時も、もしやという気配はあったのよ。お連さん、離れへ入ったとたん、米沢屋の御主人にしなだれかかっちゃって――。でも、御主人の方は、年齢のいってる分、わきまえってえのがあるのか、それ以上はなかった。でも、今日の若旦那の方は――見ていられなかった――。若旦那に抱きかかえられながら、あたしに片目をつぶって見せたりして。喜平さんが言ってた通り、腐った柿よ、あの女は。よりによって塩梅屋《うち》の離れを逢引《あいび》きに使うなんて」

憤然と言い切りつつも、おき玖は真っ赤になってうつむいて、

「それにあたし、お美津《みつ》ちゃんやおっかさんの八重乃《やえの》さんが気の毒でならない。お美津ちゃんはあの若旦那と一緒になった米沢屋の一人娘で、八重乃さんはその昔、小町の評判の高かった綺麗《きれい》な女《ひと》よ。お美津ちゃんとは三味線《しゃみせん》の稽古で親しくなって、何度か、お芝居に誘ってもらった時、八重乃さんにも会ってるのよ。それが、しばらくお稽古に来ないと思ってたら、おとっつぁんの反対を押し切って、手代の一人をお婿さんにするって聞いたの。ばったり会った時のお美津ちゃんは、それはそれはうれしそうで、〝自分の言うことは何でも通してきたおとっつぁんを、優しいおっかさんが何とか宥《なだ》め賺《すか》してくれたんで、やっと、好いた相手と夫婦になれるの〟って涙をこぼしてた。そんな相手があんなこと――。米沢屋さんもよりによって、どうして、一人の女を婿と奪い合ったりするのかしら？」

――夫と父親の相手が同じでは、娘当人の傷はより深いはずだ――

この時、ふと、季蔵は美津の母八重乃の心情に想いを馳《は》せてみた。

――おそらく、お内儀さんは女遊びが好きで横紙破りの御主人の生き方に慣れて、諦めしか感じていないのだろう。今回のことも、嫉妬《しっと》などとはほど遠く、ひたすら、娘が負ってしまっている傷が気がかりなのではないか？――

「いつかは男二人がお連さんとけじめをつけたとしても、女の気持ちは元のようには戻らないわよね。お美津ちゃん、乗り越えられるのかしら？」

おき玖はしきりに案じた。

季蔵はこの後、決めた献立に添って料理を作り続けた。

霜降り鰹の次は、一口茄子《なす》の夏煮、白瓜《しろうり》と枝豆の生姜浸し、えのき茸《たけ》としらが芋の清《す》まし仕立て、玉子蓮《ばす》、牛蒡《ごぼう》の青海苔《あおのり》かけ、ぎばめしと続く。

身体に優しい青物で涼を取ろうという趣向であった。

一口茄子の夏煮は、一口大に切って炒めた茄子に、出汁、醤油、赤唐辛子を加えて煮上げたものである。

「この時、炒めた茄子は一旦《いったん》、鉄鍋から出して皿に取る。鍋の油を紙で拭き取ってから、戻して煮込むのだ。そうしないとべたべたした味になってしまい、さっぱりとは仕上がらない」

季蔵は三吉に秘訣《ひけつ》を洩らした。

白瓜と枝豆の生姜浸しは、水で戻して千切った木くらげと、皮を剝いて茹で、縦割りにして種を除き、半月型に薄く切り揃えた白瓜、茹でてさやから出した枝豆と合わせ、出汁と醤油、おろし生姜のタレの半量を加えて絡め、軽く汁気を切ってから、残りの半量のタレで和える。

「どうして、生姜浸しのタレを二度に分けるの？」

三吉は腑に落ちなかった。

五

「青物は合わせると必ず水気が出るので、一度に加えるとタレが薄まってしまうからだ」

季蔵は明快に応えた。

しらが芋とは長芋のことで、薄い短冊に切って茹でておく。出汁に醤油と塩で調味した清汁を鍋で煮立て、根元を除いて半分の長さに切ったえのき茸を加えてひと煮し、長芋を盛った器に注ぎ、青ゆずの皮をあしらう。

「しらが芋とえのき茸の白っぽい色が涼をそそるわ」

おき玖が頷いた。

玉子蓮とはその名の通り、たっぷりの酢を加えた水で、歯触りが残る程度に茹でた蓮の両端を切り落とし、その穴に、茹でて裏漉《うらご》しし、砂糖を加えた卵の黄身を詰めていく。しっかりと詰め終えたら軽く蒸し、小指の先ほどの厚みに切り分ける。

「これはまず、茹でた蓮を穴の中まで完全に乾かしてからでないと、水気で卵の黄身がすとんと落ちてしまう。それから、時が経《た》つと、切り分けた蓮の穴の黄身が痩《や》せて落ちやすくなるから、切り分けるのはもてなす直前に限る」

季蔵が三吉に勘所を話すと、

「蓮っていえば秋から冬のものと思ってたけど。白い蓮に卵の黄色。綺麗でさわやかでとっても夏らしい」

おき玖が見惚《みと》れた。

「これは新蓮です。走りの蓮は皮が薄く、アクが少なく、色も白くて、秋冬の蓮とは一味違う繊細な味わいが楽しめるのです。この玉子蓮、見かけだけではありません」

季蔵に箸を勧められたおき玖は、しゃきしゃきと蓮を嚙む音を立てた後、

「ほんと。蓮の酸味と卵の甘みが溶け合って、ちょうどいい具合。あたし、不忍《しのばず》の池にでも蓮見に行きたくなっちゃった」

はしゃぎ気味に褒めた。

今はちょうど蓮池に、白や濃桃色、薄桃色と蓮の花が華麗に咲き誇る時季であった。

牛蒡の青海苔かけは簡単にできる箸休めである。

「三吉に頼もうか」

「合点承知」

三吉はいそいそと牛蒡の下拵えをはじめた。蓮同様、夏の牛蒡はまだ柔らかく、アクもそれほどでもない。

秋冬の牛蒡は酢水に晒すが、夏場のものは小口に切った後、水に晒すだけで足りる。鍋に出汁と醬油、酒を加えて煮立たせ、晒した牛蒡の水気を切って加え、火が通るまで煮る。汁気を切って、最後に青海苔粉をまぶす。

「青海苔の磯の匂いが何とも涼だよね?」

三吉が得意そうに相づちをもとめてきて、二人は微笑《ほほえ》んで頷いた。

最後のぎばめしは炊きたてのご飯に、茹でて小口切りにし、塩をまぶしたサヤインゲンを混ぜて作る。

「サヤインゲンの緑色と風味は、まさに夏の草木とその間を渉《わた》る風だわね」

おき玖はほっとため息をつき、

「どうして、いんげん飯じゃなしに、ぎばめしっていうんだろう？」

独り言を洩らした三吉は、

「もしかして、木場に住んでた人が思いついて作って、いつのまにか、きばがぎばになったとか？　まさか、ないよね、そんなこと――」

季蔵に助けをもとめた。

「とっつぁんの日記には、腹の調子を健やかに保つインゲン豆は、明《みん》の隠元《いんげん》禅師がもたらしたものだが、その大本はお釈迦《しゃか》様の生まれた聖地の名医、耆婆《ぎば》が治療に使ったのではないかと書いてあった」

「この飯、おいらたちみたいなどっかの馬の骨じゃなしに、由緒ある、尊い生まれかもしれないんだね。ぎばだなんて変な名だと思ってたけど、わかってみると、有り難くて、とっても身体にいいように思えてきた。早速、夏痩せ気味のおっかあに作ってやろーっと――」

三吉はうきうきとした顔になった。

こうした料理は、季蔵がおき玖や三吉に代わって離れへと運んだ。戸を開けてそっと料理だけを差し入れる。これを続けた。

「運びは季蔵さんの役目じゃないよ。おいらが運ぶよ」

三吉は神妙な顔で買って出たのだが、

「それならあたしが。あんたは、まだ知らなくてもいいことなんだから」

おき玖が強く首を横に振ったからである。

「けど、仏になってる長次郎さんは濡《ぬ》れ場を拝まされてるわけだろう?」

客の一人として、居合わせていた喜平が顔をしかめた。

「そういう御隠居も覗《のぞ》いてみたいんじゃねえのかい?」

辰吉の言葉に、

「こいつばかりは願い下げだ。色事はふわふわと楽しい極楽に通じていなければ、粋もへったくれもない。極楽じゃあ、悲しむ者も恨みを並べる奴もいないだろう。米沢屋の主と婿がお連に惚れきっている話は、このところ市中でもちきりだ。当人たちだって、わかってて、面白がってるんだろうが、女房たちは地獄の苦しみのはずだ。地獄に堕《お》ちた方がいいのは、主と婿の方だとわしは思う」

喜平は真顔で言い切り、

「米沢屋征左衛門も婿のそで吉、お連の三人なんぞは、いっそ閻魔《えんま》大王に舌を抜かれちまえばいいのさ」

辰吉は壁に酔眼を据えた。

離れの二人は五ツ半(午後九時頃)になって、やっと帰って行った。

「片付けと掃除はわたしがします」

季蔵は離れの座敷から空いた皿小鉢を勝手口に運んだ後、きっちりと絞り上げた雑巾《ぞうきん》で畳を清めた。

「前の米沢屋さんの時もそうだったけど、一品も残さずによく召し上がってくださったのね」

皿小鉢はおき玖が洗った。

「実は今、とっつぁんにお許しをいただいてきました」

季蔵は店の小上がりでおき玖の前に膝を折って座った。

「お許しって？」

「料理を残らず召し上がっていただけて、米沢屋さんへの義理は果たし、心意気も示させていただいたので、これからのお立ち寄りをお断りしたい旨のお許しです」

季蔵はさらりとした口調で告げた。

「でも、おとっつぁん、お客様に分け隔てをしてはいけないって――」

「ええ、でも、塩梅屋は料理をお出しする一膳飯屋で、出合茶屋ではありませんから」

季蔵はきっぱりと言い切り、

「ありがとう。これからは大手を振って断れるのね」

おき玖の沈んでいた表情がぱっと明るくなって、

「今のあたし、あの玉子蓮みたいじゃない？」

洒落《しやれ》が口をついて出た。

その翌日の昼過ぎ、

「大変、大変」

息を切らせながら、三吉が使いから戻ってきた。

「何だ、どうしたんだ？」

季蔵はこのところの常備菜になっている、叩き胡瓜の酢の物を仕上げていた。

「まあ、一息ついて」

おき玖が冷たい井戸水の入った湯呑みを差しだした。

ぐいと一気に飲み干した三吉は、

「おいら、見ちゃったんだよ」

精一杯目を剝いて見せた。

「何を見たっていうのよ。まさか、河童でも？」

おき玖が笑いながら先を促すと、

「その通り」

三吉は悲しそうなため息をついて、

「ああ、これで平助さんの河童話も聞けなくなっちまうんだな」

「平助さんがどうしたというんだ？」

——そういえば、このところ、姿を見ないな——

稼ぎ時とあって、往来で胡瓜を売り歩く平助を、見かけることが多いのがこの時季の常だった。

——ここにも来ていない——

「平助さん、松次親分に縄をかけられて、番屋へ連れて行かれるのをこの目で見たんだ」

——まさか——

季蔵は息が止まりかけた。

「何でも、遠巻きに見てた人たちが、〝人殺し、人殺し〟って、平助さんを指差してたよ。〝二人も殺した鬼河童憑《つ》き〟なんて言ってる人もいたっけ」

季蔵は、しばし頭の片隅に追いやっていた、二体とも不思議な証があった骸の一件を思い出していた。

——二体の骸には河童の頭の皿と毛が彫られるか、描かれていて、手には河童が好物の胡瓜を握っていた。それで、河童に惚れ込んでいて誰よりもくわしく、胡瓜と一緒に河童話を売り歩いている、平助さんに疑いがかかったのか？——

「あの平助さんが——」

おき玖の顔から血の気が引いた。

「少し出てきます。あとを頼んだぞ。三吉」

季蔵は炎天下を番屋へと急いだ。

六

番屋の腰高障子を開けると、座敷に松次が踏ん反り返り、土間には平助がこれ以上はないほど体を縮こませて座っていた。

「このところ、こいつに砂糖を混ぜてみてるんだ。力がつくぜ。あんたも飲むかい？」

季蔵と目が合うと、眉間《みけん》に皺を寄せた松次が、挨拶《あいさつ》代わりに砂糖入りの麦湯を勧めてくれた。

松次の勧めに構わず、

「平助さん」

季蔵が呼びかけると、正座したまま、じっと自分の膝を見つめていた平助が顔を上げた。

「塩梅屋さん」

泣きそうな顔の平助は救いを求めるような目を向けてきた。

「そんなことより、これはいったい――」

季蔵は松次に迫った。

「どうもこうもねえ。もうちっとで、こいつ、平助が釜八や北割下水に浮いていた寅三《とらぞう》を河童天誅として殺《や》っちまった話を聞かせてくれようってところだ」

松次は邪魔をするなと言わんばかりに、横広の大きな口をへの字に結んだ。

「確たる証はあるのですか？」

季蔵は努めて冷静に訊《たず》ねた。

「河童話が得意な平助は河童胡瓜とも呼ばれていて、市中の誰よりも河童通なだけではなく、河童を好いて会いたいとまで思い詰めている。河童っていやあ、水辺で子どもを水の中に引き込み、溺れさせる厄介者だ。そんな悪い奴に惚れ込むなんぞ、並みじゃあねえ。変わり者だ。河童を騙ってか、取り憑かれてか、人を殺めてもおかしかねえだろう？」

松次は得々と語った。

「すると証は平助さんが河童好きというだけですか？」

季蔵の反論に、

「まあ、後を聞けよ。平助が売っている胡瓜と釜八たちが手にしていた胡瓜は、同じものだったのさ」

「今時分は日々、胡瓜が沢山出回っています。どうして、平助さんのところのだとわかったのです？」

「平助、応えてやんな」

松次に促されて、

「俺は曲がった胡瓜は売らねえことにしてるんだ。河童話付きとはいえ、他より高い銭を取るんだから、せめて、姿形だけは良くねえとな。それに、河童の心根はまっすぐだと思ってるんで、俺のところの曲がってねえ胡瓜もその証なんだ」

平助は河童と胡瓜への正直な想いを口にしたが、

——これはまずい応えだ——

季蔵は気が揉めた。

案の定、松次は、

「だから、おめえは心根がまっすぐだと信じている河童の代わりに、入れ墨者の二人を成敗したんだろ？　俺もなあ、弱い者ばかり虐《いじ》めて暮らしてる、釜八、寅三みてえな奴らには虫酸《むしず》が走るよ。だからおまえの気持ちもわかるさ。題して河童天誅、そうなんだろ？」

平助を見据えたが、平助はただ、ひたすら頭を横に振り通しつつうつむいてしまった。

「まっすぐな胡瓜を売っているのは、何も平助さんだけではないでしょう？」

季蔵はさらなる反論に転じた。

「俺だって、岡っ引きだ。そのあたりも調べたさ。たしかにあんたの言う通り、まっすぐに育った胡瓜を売ってる奴はこの平助だけじゃない。けど、まっすぐな胡瓜は青物問屋の筆頭が牛耳ってて、出来た分は残らず、そいつが高値で買い上げてる。納める先は、千代田のお城か、名のある料理屋だってことがわかった。ようはまっすぐな胡瓜なんぞ、誰も売り歩いちゃいねえんだ。釜八、寅三みてえなごろつきが、わざわざ料理屋の厨《くりや》に忍び込んで、この手の胡瓜をくすねて持ってたなんてこと、あるわきゃねえし、そうなると、こいつは平助の胡瓜だってことになる」

「誰かが平助さんから買ったものを握らせることも出来ますし、平助さんが二人に握らせたとは限りません」

「まあ、それはそうかもしんねえがな」

松次はふふっと口先だけで笑った。

――まだ、何かこれと言える証があるのだ――

「殺された連中の骸を検めに、奉行所の氷室にも足を運んでもらったし、今度のことじゃ、季蔵さん、あんたには世話になったと思ってるよ」

礼を言った松次は自信たっぷりに先を続けた。

「あん時、腋の下に描かれてた、クラゲみてえな、河童の頭の皿を見つけてもらっただろう？　あれとそっくりなものがほれ、これ――」

松次が文机《ふづくえ》の上の紙の束を取って、季蔵に渡した。

――これは――

紙は十枚ほどで、どれにも、河童の頭と思われる皿と毛の絵図が描かれている。大きさに大小があったり、毛の数や皿の形に多少の違いはあったが、季蔵が二体の骸に見たものに限りなく近かった。

「どこでこれを？」

季蔵の問いに松次は平助の方へ顎をしゃくると、

「こいつがてめえの長屋に隠してた」

「何も隠していたわけじゃねえ」

平助が顔を上げた。

「何のためにこの絵を描いたのです？」

季蔵は訊かずにはいられなかった。

「夏場になると、俺の河童話は人気で、いっそ、河童の手拭いも売っちゃぁどうだってえ、有り難い話がちらほら出てて、それで、このところ、絵図を考えてたんだ」

平助は素直に明かした。

「河童の絵なら、水掻きの手も足もあって、立ってる姿だろうが。おまえだって、伊達様の蔵屋敷にあったってえ写し絵の写しを、見せ歩いてよーく、知ってるはずだぜ。手拭いにクラゲみてえな皿と毛だけなんて、面白くもおかしくもねえぞ。いい加減なことを言うと堪弁しねえからな」

松次はやや怒気を言葉に込めたが、

「河童の立ち姿じゃ、ありきたりすぎて、つまらねえと俺は思ったんだよ。こういうことは、わかりすぎちまうと興醒めなもんなんだ。河童話で知られてる平助が拵える河童手拭いは、おいおい、クラゲじゃねえのかいと思わせる、ちょいとした騙《だま》しが入っててこそ、粋ってぇもんなんだ」

平助は平然と言い切った。

「減らず口はもういい、うんざりだ。とにかく、クラゲみてえな河童絵を描くのは、平助、おめえだけだってことは、はっきりしちまってる。大人しく、罪を認めちまった方がいいんじゃねえのかい」

松次は額に汗を噴き出させている。
　――罪を認めると言っても――
　殺しの罪を認めれば、間違いなく死罪である。罪を認めねえと、責め詮議《せんぎ》で石を抱かせられる
「冥途《めいど》へ行く償いは一時で出来る。だが、罪を認めねえと、責め詮議で石を抱かせられる
なぞして、苦しい思いをすることになるんだぞ」
　松次は諭す口調になったが、
「河童様はごろつきごときの成敗なんぞ、俺に命じたりはしねえのさ。それに河童様はこ
の俺を見限ったりしねえ」
　平助は両手を合わせて
「河童様、河童様、お助けください、お助けください」
　念じるように祈り続けた。
　季蔵に向けて両掌《てのひら》をかざして見せた松次は、
「まあ、好きにしろ」
　砂糖入りの麦湯を湯呑みに注《つ》ぎたして呷《あお》るように飲むと、
「明日はこいつも三四の大番屋だから、こんなことをしていられるのも、今のうちだけだ
よ。厳しい詮議が始まりゃぁ、早く楽になりてえってだけで、河童様のかの字も口から出
せなくなるだろうしな」
　意外に優しい目で平助を見た。

——今日のうちに何とかしなければ——

「平助さん、もう一度、訊かせてください。あなたは二人を手に掛けてなぞいないのですね」

季蔵は平助の無実を信じたかった。

「うん」

平助は大きく頷くと、

「季蔵さんに頼みがある」

また、すがるような目を向けてきた。

「何なりと」

「本所の俺ん家《ち》へ行ってくれないか」

「いいですよ。何か、持ってきてほしいものでも?」

——もしや、何か、無実の証につながるものでは?——

季蔵は一抹の期待を抱いたが、

「親分に縄を掛けられてしまったもんだから、今日はまだ、うちの庭に実をつけてる、食べ頃の胡瓜をもいでいないんだ。そいつをあんたにやってもらいてえんだよ。胡瓜はさ、河童様の好物だから、食べ頃をもいでやらないと罰が当たるんだ。まだ食べ頃じゃないのには、水をやっておいてくれ」

平助は無邪気に微笑んだ。

「もいだ胡瓜はどうします？」

「今日中に食べてもらいたいね」

「わかりました」

「あ、それから、畑には茄子もなってるんだ。たった一本、胡瓜の苗に茄子が紛れこんでてさ。茄子は河童様の好物じゃぁねえんだが、そいつだけ、捨てちまうのも可哀想なもんだから、河童様にお許しをいただいて育てたんだよ。こいつもよく実ってるから、食べてやってくれ」

——何という優しい心根だ。こんな人に人が殺せるわけがない——

季蔵は確信して、

「はい」

大きく頷いた。

「よろしく頼むよ」

ほっと息をついた平助は再び、河童様への念仏を唱え始めた。

番屋を出た季蔵は、その足で平助の家のある本所へと向かった。

八丁堀と本所の平助の住まいまでは舟を使えば、半刻《はんとき》（約一時間）とかからない。大川を遡《さかのぼ》り、両国橋の手前で竪《たて》川に入り、四ツ目橋で舟を降りる。四ツ目橋というのは大川から数えて四つ目の橋という意味でつけられた名である。

季蔵は舟を降りると四ツ目通りを北へ急いだ。

——平助さんの家に無実の証がある可能性は薄い。けれども、今日中に何とかしなければならないのは、食べ頃の胡瓜や茄子だけではない——

七

平助の家の畑は一面の胡瓜であった。清明桔梗紋《せいめいききようもん》の形をした、小さな黄色い花がぽつぽつと咲いていて、ひょろりと長い実がぶら下がっているのが雌花であった。季蔵は熟して色艶《いろつや》のいい胡瓜をもいでいった。中にはあと少しで食べ頃のものもあり、

——これは明日だな——

と思った刹那《せつな》、

——いや、明日、わたしがもぎに来るようでは駄目なのだ。平助さんが大番屋に送られてしまうということなのだから。今日中に何とかしなければ——

焦る気持ちが押し寄せてきた。

茄子は胡瓜畑から離れた場所に、たしかに一本だけぽつんと植えられている。

——粋で優美な花姿だ——

茄子の花は崩れた清明桔梗紋の形ながら、黄色いおしべと薄紫の花弁の色が相俟《あいま》って、何とも風情《ふぜい》のある様子であった。

——年を経て、さらに気品を増している美女のようだ——

季蔵は食べ頃の茄子も幾つかもぎ取った。

その後、家の中をくまなく調べたが、蒲団《ふとん》一式と行李《こうり》一つで、箪笥《たんす》とてない平助の持ち物から、これといったものは何も出て来なかった。

――駄目だ――

座敷の畳に目を落としていると、

「平助さん、平助さん」

戸口で呼ぶ男の声が聞こえた。

季蔵は急いで外に出た。

「あなたは？」

鬢《びん》に白いものが混じりかけている相手は、季蔵を見てはっと息を呑んだ。

「わたしは平助さんの知り合いで、日本橋は木原店の一膳飯屋の主で季蔵と申します。頼まれて庭の胡瓜や茄子の世話に来ました。そちらは？」

「おらはこの先の押上《おしあげ》村で苗を作っている弘吉《こうきち》だ。茄子と青紫蘇が茂って仕様がないので、平助さんに食べてもらおうと持ってきたんだ。茄子や青紫蘇は平助さんの胡瓜に次ぐ大好物なんで。特に好きなのは、もぎたての茄子のへた煮と青紫蘇の天麩羅《てんぷら》だったかな」

弘吉は口元を綻ばせながら、淡々と告げて、手にしている茄子と青紫蘇の束が入った籠を掲げて見せた。

――この男の様子、そして、この立ち姿は――

季蔵は百姓風の髷を結い、百姓風の物言いをし、粗末な木綿を身に纏《まと》っている弘吉が、元は武士であることを瞬時に見破った。

「平助さんに渡してもらえんかね」

そう言って、弘吉が差しだした籠を受け取った季蔵は、

「平助さんとは親しいのですか？」

――この男、胡散臭《うさんくさ》いが、何かしら手掛かりが摑《つか》めるかもしれない。いや、今はもうこの男しかいない――

「親しいというほどでは――。毎年、春になると決まって、胡瓜の苗を買ってくださるお得意さんだ」

「平助さんが手塩にかけた胡瓜を売りながら、河童話を聞かせていることも知っていますよね」

「うん。おらも何度か聞かせてもらった」

応えた弘吉は身体を斜に向け、踵を返そうとしている。

――逃げようとしているのか？　これはきっと何かある――

確信した季蔵は、

「平助さんの身に大事が起きています。河童天誅を騙《かた》って、人を殺めた罪でお縄になり、このままでは死罪を申し渡されるかもしれないのです」

相手の目をじっと見据えた。

「そうだったんだ」

意外にも弘吉は驚いていなかった。

――これぞ、何か知っている証ではないか？――

季蔵は期待したが、

「おらも平助さんの河童への思い入れの強さを心配してたんだ。もちろん、あの平助さんが罪を犯したとは思わねえが、一つのことに熱中して、それを広く世間様に伝えると、とかく誤解され、あらぬ疑いをかけられることもあるんじゃないかね」

弘吉はやはりまた淡々と話して、

「それじゃ、おらはこれで――。おらは心から、平助さんがお解き放ちになるのを祈ってるから」

季蔵に背を向けた。

見送った季蔵は、肩すかしを食らった気がする一方、

――ここまで隙《すき》のない後ろ姿を久々に見た――

闘い続けている武者を想わせる、弘吉の背中に圧倒された。

平助の無実を裏付ける手掛かりを見つけられないまま、店に戻ると、

「お嬢さんにお客さん、女の人」

三吉が季蔵の耳元に口を寄せた。

季蔵が帰ってきたことに気づいたおき玖は、

「季蔵さん、米沢屋さんのお美津ちゃんに来てもらってるの」

と小上がりから声をかけた。

「お邪魔しております」

座っていたお美津はあわてて辞儀をした。

小町と讃《たた》えられた八重乃の娘だけあって、お美津は目鼻立ちが整って色が抜けるように白かった。ただし、魂が抜けたように見える今は、生きている女というよりも、感情を持たない人形の美しさである。

「金魚売りの前で立ち止まって、ふと隣りを見たら、このお美津ちゃんがいて、夏空みたいに真っ青な顔で泣いてたんで、案じられてね。ここに寄ってもらったのよ。何日も水しか喉《のど》を通らないっていうんで、とりあえずは麦湯を勧めて飲んでもらったところ――」

「旦那様のことが気になるし、そろそろお暇《いとま》しなくては――」

お美津は小上がりから辞そうとしてよろめいた。

「まだまだ外は暑いわ。もう少し、休んでいってよ。そうそう、あたしの部屋がいい、二階なら蒲団が延べられるし――」

おき玖はお美津を支えて階段を上っていった。

四半刻《しはんとき》（約三十分）ほどして階下におりてきたおき玖は、

「やっと眠ってくれた。お美津ちゃん、そで吉さんのことで、食べられない、眠れないの毎日だったみたい。それで、とんでもないことを考えて、気がついたら、家を抜け出し、ふらふらと歩いてたんですって。あのお連さんの家に行くつもりだったみたい。あたし、ほんとに、行き合えてよかったと思ったわ。あのままじゃ、お美津ちゃん――。〝お連さんを訪ねて、絞め殺すつもりだった〟って言ってたから。金魚売りも幸いしたのよ。子どもの頃から、お美津ちゃん、夏になると、おっかさんが必ず、金魚を買ってくれてたことを思い出したっていうから。お美津ちゃん、やかまし屋の上、女好きのおとっつぁんに辛抱してる、優しい娘想いのおっかさんにだけは、いつか、精一杯の親孝行をしたいと思ってたんですって。それで、人を殺めて死罪になったら、どんなにおっかさんが悲しむかって、今、話したのよ」

涙まじりに経緯《いきさつ》を話した。

――あの平助さんにもお美津さんのように、救いの神が現れてほしい――

そう念じつつ、季蔵は持ち帰った胡瓜や茄子、青紫蘇でこの日の仕込みに入った。

まずは、胡瓜の薄い小口切りと青紫蘇の千切りで胡瓜揉みを作る。塩や梅風味の煎《い》り酒で和えることもできるが、この日は夏向けに酢と少々の味醂《みりん》を使った。

「これは胡瓜と青紫蘇の薄さを揃えることで、繊細で涼味のある風味と歯触りになる」

季蔵はごくごく薄く胡瓜を切り調えた。

茄子は客に出す分に限っては、一口茄子の夏煮にし、落としたへたは煮て夜の賄いにした。

平助が大好物だという茄子のへた煮は、茄子のへたから、がくを取り除いたものを使う。

一緒に煮合わせる蒟蒻《こんにゃく》は、一口大に千切り、枝豆は茹でてさやから出しておく。鍋に出汁と酒を合わせ、茄子のがくなしのへたと蒟蒻を醤油を二度に分けて入れて煮付ける。煮上がったところで、枝豆を彩りに散らす。

「醤油を二度に分けるのは、味が濃くなりすぎないためだよね」

三吉の言葉に季蔵は頷き、おき玖は、

「わっ、茄子のへた煮って、まるで干ししいたけを煮たみたい、そっくりの姿。これ、へた煮じゃなくて、茄子のしいたけ煮って名にした方がいいんじゃない？」

目を丸くし、

「柔らかーい。そして味が濃い。あたし、茄子のへたがこんなに美味《お》しいとは思ってもみなかった」

試食して、いたく感激した。

余った青紫蘇は、今日の朝、魚屋がおまけにと置いて行った鮪《まぐろ》の料理に使うことにした。脂の多い鮪は四季を通して人気のない魚であるが、傷みやすい夏場ともなると、猫も振り向かないと嫌な顔をして、魚屋がおまけにつけてくれるのである。

「鮪で何を作るの？」

「おいら、楽しみだよ」

二人は季蔵の鮪料理が美味であることを知っている。

季蔵は冊《さく》に作った鮪を中指の半分ぐらいに切ると、酒に四半刻漬け込んだ。

それを竹串《たけぐし》に刺し、練り潰した梅干しと味噌、胡麻油を合わせたタレを塗り、その上から竹串一本につき、青紫蘇二枚を巻くと、薄く胡麻油を引いた、やや深めの鉄鍋に入れて蓋をし、味噌にこんがり焼き色がつくまで焼いて仕上げる。

「青紫蘇と味噌、胡麻油のいい匂い、鮪って美味しいのよ、絶対」

「何串でも食えちまう」

二人は歓声を上げた。

第二話　江戸香魚《こうぎょ》

一

この後、おき玖《く》が米沢屋《よねざわや》へ文を持たせた遣いを走らせると、夕刻近くには、お内儀でお美津《みつ》の母親八重乃《やえの》が駕籠《かご》でお美津を迎えに訪れた。

「娘がお世話をかけております」

八重乃は丁寧に腰を折った。

絽《ろ》の単衣《ひとえ》を涼しげに着こなしている八重乃は、すでに大年増と言っていい年頃ではあったが、夕顔の花のような、幾分寂しく翳《かげ》りのある美貌《びぼう》の持ち主であった。

ただし、額には何かに打ち付けた痕《あと》のような赤い傷が目立っている。

「迎えに来てくれたのね、おっかさん――」

目覚めたお美津が二階から下りてきた。

「お美津、ここにいる経緯《いきさつ》は報《しら》せていただきました。おまえ、何ってことを――」

八重乃は言葉を詰まらせ、

「おっかさん――」

涙声のお美津は八重乃の胸に顔を埋めた。

「よかった、よかった」

八重乃の目からも涙が流れ落ちる。

「それより、おっかさんこそ、どうしたの、それ？」

お美津は八重乃の額の傷に気がついた。

「ああ、これはちょっと――」

一瞬、娘の視線から逃れようとして、目を逸《そ》らした八重乃だったが、

「どうしたのか、話してちょうだい。あたし、もう何があっても驚かないから」

お美津の詰問口調にたじろぎ、

「夕方になって、今日も出て行こうとするそで吉《きち》を、何としても止めようとしてね。力ずくではとても敵《かな》わなくて、揉《も》み合ってるうちに壁に突き飛ばされて――」

「お連《れん》さんのとこでも何でも、好きに行かせればよかったのに」

「だって――」

「あたし、さっき思い切ったことをしそうになって、おき玖さんに止めてもらったら、そで吉のことなんか、もういいっていう気がしてきたの。未練を断ち切れたわけじゃあないけど、なるようにしかならないって。そで吉がお連さんを選ぶのなら、それはそれで仕方がないんだって――」

「よかった」

八重乃はほうと大きなため息をついて、

「ありがとうございました、ありがとうございました」

おき玖や季蔵《としぞう》に何度も頭を下げて帰って行った。

翌早朝のことである。

どんどんと長屋の油障子が叩《たた》かれた時、季蔵はすでに起き出して飯を炊《た》いていた。

鍋《なべ》で味噌汁《みそしる》も拵《こしら》えている。平助《へいすけ》のところの薄く切った茄子《なす》と、短冊形に揃《そろ》えた油揚げという贅沢《ぜいたく》な具で拵えた。

――今日の胡瓜《きゅうり》は薄切りにして、下ろした夏大根としらすとで和《あ》えてみよう――

胡瓜も平助の育てたものであった。

――いよいよ、平助さんの大番屋送りは今日だ――

昨日、なかなか寝つかれず、早く目が醒《さ》めて朝飯作りに精を出しているのも、平助のことが気がかりでならなかったからであった。

「どなたですか」

油障子を開けると、

「俺だよ」

松次《まつじ》の四角い顔が迫った。

「これは親分――」

「朝早くに悪いが――」

松次は金壺眼《かなつぼまなこ》の下に隈《くま》を作っている。

「ちょいとあんたに視《み》てもらいてえ骸《むくろ》がまた出たんだよ。こちとらは、寝入りばなを起こされちまって、どうにもこうにも――」

しょぼついている両目を擦《こす》って精一杯瞠《みは》った。

「わかりました」

季蔵はすぐに身支度を調えて、松次と共に長屋を後にした。

「骸が上がったのは山谷堀は正法寺橋《しょうほうじ》の近くだ」

二人の足は浅草の方角へと向かっている。

「ひょっとして、平助は下手人じゃねえかもしれねえ」

「すると、また――」

「手に胡瓜、腹に河童《かっぱ》絵さ。仏さんが殺されたと思われる昨日の夜、平助は番屋に留め置かれていた」

「亡くなった方は？」

「おおっと、言い忘れてたな。今までみてえなごろつきじゃねえ。けど、大店《おおだな》の婿になったのをいいことに、さんざん遊び歩いて、家付き娘を泣かしてたんだから、ごろつきよりも質《たち》が悪いか。仏になっちまったのは、あの米沢屋の道楽婿、そで吉だよ」

「そで吉さんが――」

「ほう、知り合いかい？」

「いえ、お嬢さんが、米沢屋のお嬢さんやお内儀さんと親しくなさっているようで」

「そで吉は毎夜のように家を空けてたそうだ。昨日も娘想《おも》いのお内儀さんが止めるのを振り切って、暮れ六ッ（午後六時頃）前にはもう出ちまってた。店の者が生きてるそで吉を見たのはその時限りなんだ」

そんなやりとりをしているうちに、二人は山谷堀に辿《たど》り着いていた。

そで吉と思われる骸は仰向《あおむ》けに倒れている。右手に胡瓜を握りしめていて、開《はだ》けた腹部に河童の立ち姿が描かれている。

——胡瓜は曲がっていて、河童の絵姿は頭の皿を模した以前のようではない——

季蔵は骸の頭が平たく見えることに気がついた。顔が血溜《ちだ》まりの中に浮いているようでもある。

「仏さんはおおかた頭が潰《つぶ》されてるんだよ」

松次が額を抱きかかえるようにしてそっと頭を持ち上げた。

後頭部は血みどろの上、ほとんどもう形を成してはいなかった。

——これは酷《むご》い——

「前の二体と手口が違いますね」

季蔵が思わず口走ると、

「ああ、今度のは滅多打ちだ。繰り返し、殴りつけるとこうなる」

松次は応《こた》え、

「使われたのは、やはり石ですか？」

「そうとも限らねえだろう。杖《つえ》でも木の棒でも力を込めて打ち続けりゃ、人の頭なんぞ、わけなく潰れちまうもんだからな」

――石で頭を割られたのではないかもしれないとなると、曲がった胡瓜といい、河童の異なる絵姿といい、前二件と同じ下手人の仕業と断じ難いのでは？　ここは迂《う》闊《かつ》にものは言えない――

何としても平助を救いたい季蔵は、しばし沈黙を続けて松次の言葉を待った。

「ところで季蔵さん、田端《たばた》の旦那《だんな》とも相談して、あんたをわざわざここへ呼んだのは、手に胡瓜、身体《からだ》に河童絵、頭を殴られて殺されてたってえのが、前のと、どんぴしゃ同じだってことの証《あかし》にしたかったからなんだよ。あんたは前の仏さんを視てることだし、あんたさえ太鼓判を押してくれりゃあ、百人力だからね」

松次は季蔵に同意をもとめてきた。

――田端様と松次親分が胡瓜の形や河童の絵図、手口の違いに気がついていないわけはない。そうか、お二人も実は、平助さんを噂《うわさ》と絵だけを証に、下手人にすることに躊躇《ため》いがあったのだ――

合点した季蔵は、

「間違いございません」

きっぱりと言い切った。

「それじゃ、河童天誅《てんちゅう》の下手人は、まだ大手を振って、市中をほっつき歩いてるってことだな」

松次は目を三角に尖《とが》らせた。

「そうです」

「難儀なこった。これで、また、上からやいのやいのせっつかれ、下手人探しで朝から晩まで、足を棒にして歩いて、熱気にうだっちまうことになる」

「あの、平助さんは？」

「解き放ちにするしかねえだろう」

松次はわざとしかめ面を作ってみせた。

こうして、嫌疑の晴れた平助は大番屋送りにならずに済み、即刻、お解き放ちになった。

この日、烏谷椋十郎《からすだにりようじゆうろう》が暮れ六ツの鐘が鳴る前に、ふらりと塩梅屋《あんばいや》を訪れた。

「申しわけございません。前もって伺《うかが》っていなかったので、今宵はこれというものの用意がなく、あるのは鰹《かつお》だけで――」

季蔵の当惑気味な言葉を、

「鰹があればよい」

烏谷は笑い飛ばした。

「鰹でお任せいただければ――」

「よい、よい」

離れで向かい合ったところで、季蔵は、

「今日の鰹はお奉行様がお好きな刺身には造れません」

「なにゆえだ？　今の鰹は青葉の頃とは違って、安くてそこそこ脂が乗っているはずだぞ」

烏谷はやや鼻白んだ。

「賄いにしようと思い、一尾ごと仕入れた、少しイキの悪い鰹だからです。鰹のきじ焼きにするつもりでした」

「美味《うま》そうではないか。それでよい。できればここで焼いて振る舞ってくれ。焼ける匂《にお》いも美味さのうちだからな」

烏谷は今にも涎《よだれ》を垂らさんばかりに身を乗り出した。

「それではご用意いたします」

季蔵は三吉《さんきち》に言いつけて、火を熾《おこ》した七輪を離れの縁側へと運ばせた。

鰹は胴を一寸（約三センチ）ほどの輪切りにして、腹側から背側に抜けるように四本ほど串《くし》を打つ。

火は強火の遠火。両面に胡麻油《ごまあぶら》を塗って、まずは白焼きにする。身が厚いのでじっくり、時をかけて焼いていく。

八分通り火が通ったら、醤油《しょうゆ》を掛けながら付け焼きにして仕上げる。

付け合わせには、醬油と酒で煮込んだ、さいころ大に切った煮抜き豆腐と、一味唐辛子のピリ辛味が心憎い、紅葉おろしを添える。

二

「ことに暑い夏には、きじ焼きが食をそそるな」

焼きたてを膳《ぜん》に載せると、ほんのりと醬油と焼き身の焦げる匂いが漂って、食欲を誘う。

烏谷は早速、箸《はし》を手にして、

「わしはこの皮が好きだ」

まずは皮を剝《は》がして口に入れた。

鰹のきじ焼きの極意は、皮の縞目《しまめ》の美しさを損なわないよう、皮と身を交互に焼く忙しさにある。

かといって、皮に焼き目がついていないと美味《おい》しそうに見えない。

それで、まず、皮の方を先にあぶる。

「厚い切り身なので、味の抜けが少ない。濃厚な味だ」

烏谷は鰹の分厚い身を箸で持ち上げて頰張《ほおば》った。一寸というのは、ちょうど口に入る程よい大きさであった。

「次にはこの年輪を食ってやる」

烏谷は年輪のようになっている鰹の焼き身に箸をつけた。年輪に沿ってほろりと身が崩れる。

醤油を垂らした紅葉おろしを載せて口に運ぶと、そのうちに、ほどよく口の中でほどけていく。

「焼いた鰹らしく、初めはぼそぼそした食味だが、意外に繊細で不思議な美味さだ」

烏谷はほーっと満足のため息をつくと、

「そういえば、河童天誅がまた起きよったな」

ぎょろりと大きな目を剝《む》いた。

――やっと本題に入られた――

烏谷は食通の大食漢ではあったが、酒や料理だけが目当てで塩梅屋を訪れることは滅多になかった。

季蔵は、烏谷へのもてなしは隠れ者としてのお役目の一端だと思っている。

「どうやら、平助は下手人ではなかったようですね」

季蔵は平静そのものに応えた。

「ところで、何か言いたいことがあるのではないか?」

烏谷が水を向けてきた。

烏谷は強引な性格ではあったが鈍くはなく、むしろ巨漢の風体に似合わぬ細かな神経の持ち主であった。

「平助がお縄になった件でしょうか?」

わざと惚《とぼ》けて見せると、

「そうに決まっておる」

烏谷は不愉快そうに唇を歪《ゆが》めた。

「毎夏、河童話と一緒に胡瓜を売り歩いている、長屋に頭の皿と毛だけの河童絵があって、骸の身体に描かれていたものに似ていた、そんなことだけで、下手人と決めつけるのには得心がいきませんでした」

季蔵は思い切って胸の裡《うち》を言葉にした。

「たしかに毎夏、河童話と一緒に胡瓜を売り歩いている平助が下手人ならば、今までに、河童を騙《かた》った殺しの一件や二件が起きていてもおかしくはないからな。今年に限ってとは奇妙なことだ」

烏谷は、渋々もってまわった言い方で役人たちの非を認めた。

「振り出しに戻りましたね」

季蔵はもうこれ以上、平助を誤って捕縛したことを追及するつもりはなかった。

「困った」

烏谷は大袈裟《おおげさ》に頭を抱えた。

「いつ襲いかかってくるかわからないからと、河童を騙る殺しの下手人を恐れる、市中の人々の空騒ぎを案じてのことですか？」

「それもある」

烏谷は苦渋のため息をついて、

「殺されたのが米沢屋の婿ともなると、ごろつきが二人、命を落としたのとはわけが違う。そもそも米問屋は両替屋と並ぶ大商いをしている。中でも米沢屋は一、二を争う繁盛ぶりだ。当然、御重臣方とも縁が深い。それで方々は、この婿殺しの下手人が気になってならぬのだ。商売仇《がたき》の仕業ではないかと深読みしている向きもある」

「ようは殺しの真相を知って、そのまま米沢屋と縁を続けるか、商売仇に鞍替《くらが》えするかを思案なさっておられるということですね」

季蔵は呆《あき》れ返った。

「そういうことだ。御重臣方がこの手の利得勘定にばかりかまけていると、とかく御政道までもがざわつく。それで、わしは一刻も早く、米沢屋の婿殺しの下手人を捕えたいと思うておるのだ。下手人さえ捕えて、真相が白日の下に曝《さら》されれば、どこと絆《きずな》を結ぶかの利得計算も、たやすくなろうというものだ。御重臣方のお家やお立場の安定は市中の平穏にもつながる」

烏谷は真剣そのものの目色であった。

「お気持ちのほど、よくわかりました」

「ならば、米沢屋そで吉殺しの下手人探しに手を貸してほしい」

「それは定町廻《じょうまちまわ》りのお役目かと――」

「定町廻りの連中では料理が作れぬ」

これまでにも季蔵は烏谷の命を受けて、出張料理に出向かされたことが多々あった。

——料理か——

「どこへまいればよろしいのでしょうか？」

「行ってもらうこともあれば、ここでもてなすこともあるだろう。相手は米沢屋の主《あるじ》の征《せい》左衛門《ざえもん》だ。お連も一緒やもしれぬな」

「お奉行様は米沢屋の主一家を疑われているのですね」

——お連さんを巡って、そで吉さんは征左衛門さんの恋敵だし、お美津さんは夫の不実に苦しんでいて、八重乃さんはそんな娘を深く案じている。たしかに、それぞれにそで吉さんを恨む気持ちはある——

「加えて長唄《ながうた》の師匠のお連もだ。お連は征左衛門に一軒家を用意させたというではないか。先物買いならそで吉だが、今すぐ、自由になる金を貢がせるなら征左衛門の方だろう？若すぎてしつこいそで吉に嫌気がさして殺《や》ったのかもわからぬ」

「なるほど——」

「いいか、この者たちを探るのだ。そちならではの巧みな料理の腕は、今時分の香魚《こうぎょ》で生かしてくれ」

香魚は鮎《あゆ》の別名である。

梅雨《つゆ》入りの頃から約四ヶ月が鮎の時季で、時の流れと共に味が変わっていく。

梅雨時の鮎は最も香りが強く、まだ小さめなこともあって骨も柔らかく、残さず食べることができる。

長月《ながつき》近くになって子を持ち始めた頃、腹いっぱいに子を持った鮎は、香りと脂のコクが閉じ込められていて、生炙《なまあぶ》りにして堪能するものとされていた。

まさに鮎は夏のはじめと終わりを告げる魚なのである。

一方、文月《ふみづき》に近い今時分の鮎は、水苔《みずごけ》を食べて体つきも大きくなって脂が乗りだしてきているものの、やや皮や鱗《うろこ》が固くなってくる。香りも薄らいで、若鮎のようには鮮烈ではなくなる。それゆえ、走り鮎や子持ち鮎のようには絶賛されていなかった。

季蔵は、

「今の時季の鮎ですか――」

知らずと頭を抱えていた。

「なに、今の時季だからよいのだぞ」

烏谷はにやりと笑い、よく動く大きな目をぐるぐると回しながら先を続けた。

「米沢屋の主一家は香魚好きで知られている。走り鮎と子持ち鮎に限っては、毎年必ず膳に上らせているという贅沢さだ。ところで、夏しか食べられぬ美味い魚ゆえ、もっと食べたいと思うのが人の常だ。そこでわしは、塩梅屋季蔵なら、今時分の鮎を、走りや子持ちに引けを取らぬほどに、美味く、たんと食べさせてくれるはずだと、征左衛門にそで吉の通夜《つや》の席で囁《ささや》いておいた。野辺《のべ》の送りを終えるとすぐに、〝香魚の件、よろしくお頼み申し上げます〟と文を寄こしてきおった」

「それでこのわたしに――」

季蔵の背筋に緊張が走った。

「どうだ？　料理人冥利《みょうり》に尽きる話であろうが――」

烏谷はわははと大声を上げて今度は無邪気そのものに笑った。

「わかりました。精進いたします」

頭《こうべ》を垂れた季蔵の胸中は身構えていた。

――この勝負の相手は、香魚の名の通り、川底の苔の匂いが清々《すがすが》しい走り鮎と、清流と魚卵の旨味が絶妙な風味を醸し出している子持ち鮎という強敵だ。何とも辛《つら》い闘いになるだろう――

「試作もあるだろうから、鮎は明日にでも届けさせる。よろしく頼むぞ」

そう言って酔眼を大きく瞠った烏谷は、またわははと笑い、季蔵の背中をぽんと叩いて帰って行った。

この後、店で後片付けをしていた季蔵は、よほど思い詰めた表情をしていたせいか、おき玖に話しかけられた。

「どうしたの？　季蔵さん、何かあったの？」

「ええ、実は――」

今時分の鮎料理の注文を、烏谷を介して米沢屋から受けたことを告げると、

「そうそう、お美津ちゃんのところじゃ、家族揃《そろ》って鮎好きだって聞いてたから、あんな

ことがあった後には、きっといい口癒《くちいや》しになるわ。季蔵さん、是非、米沢屋さんの皆さんを好物の鮎で力づけてあげてちょうだい。うれしいことよね、料理がお役に立つんだから」

烏谷の思惑を知らないおき玖は、我が意を得たりと喜んだ。

三

約束の日が過ぎても鮎は届かず、烏谷は、〝なかなか捕獲がむずかしいとのことであるゆえ、今しばらく待つように〟との文を寄こしてきた。

奥多摩の漁師も兼ねる飛脚が、鮎の入った魚籠《びく》を背負って、塩梅屋の油障子を引いたのは、それから五日後のことであった。

「俺は奥多摩の留次《とめじ》っていうんだが。今日の朝、釣ったばかりだぜ」

留次は胸を張った。

「これは――」

魚籠を覗《のぞ》いた季蔵は目を瞠った。

「若鮎ですね」

中の鮎はどれも小ぶりである。

「卵を産む時季が違うと、育ち具合も違うんだ。そうは言っても、今頃、若鮎なんぞには滅多にお目にかかれるもんじゃねえんだ。それでも、ほかならねえ、お奉行様の頼みだからね、何日もかけて、やっとこいつらを見つけ出したってわけさ。ざっと三十尾はある。今頃の若鮎としちゃあ、大漁なんだよ。この俺は筋金入りの鮎獲《と》りだ」

留次は自慢げに語った。

「ありがとうございました」

季蔵が頭を垂れると、

「それじゃ、俺はこれで。金はお奉行様が払ってくれるから、心配は要らねえよ」

相手は踵《きびす》を返しかけた。

「あの、もし――」

おき玖が声をかける。

「何だよ?」

振り返った留次に、

「お疲れでしょう? まあ、喉《のど》など潤してくださいな」

湯《ゆ》呑《の》みの水を勧めておいて、

「こうして、ぴちぴちの若鮎を、夏の盛りでも召し上がられる方々っているんですか?」

おき玖は真顔で訊《き》いた。

「いるよ」

留次は頷《うなず》いて、

「それができるのが、千代田のお城の公《く》方《ぼう》様やお大名、極めつけのお大尽ってもんだ。おかげでこっちにも銭が回ってくる」

　からからと笑って立ち去った。

「なるほど――」

　季蔵は改めて魚籠の若鮎を見つめた。

「若鮎は塩焼きや天麩羅《てんぷら》よね」

　おき玖が決めつけた。

　柔らかで骨まで食することのできる若鮎料理の粋は、一尾丸ごとの塩焼きか天麩羅と相場が決まっている。

「そうですね。それでは、早速、今日はこれをお客様たちにお出ししましょう」

「でも、これ、米沢屋さんのところの鮎尽くしのための試作に使うんじゃないの？」

「米沢屋さんのところのは今時分の鮎を使うことになっています。渓流近くに住む人たちが、苦労して探し当てる、今はもう珍しい、若鮎による料理ではありません」

「今時分の鮎なら、わざわざ、奥多摩の人に頼まなくても、たいていの川の上流で獲れるから、魚屋に言っておけば、何とか揃うわよ。頼んでおこうか？」

「よろしくお願いします」

　季蔵は軽く頭を下げた。

「やあね、そんな形式ばって。それより、季蔵さん、今時分のぱっとしない鮎を使っての献立、もう、できてるの？」

「それはこれからです」

「大丈夫？」

この時、おき玖は季蔵の顔に、何日か前の不安な様子を探したが見つからなかった。

「お嬢さんのおかげで思い切れました」

季蔵はさわやかな笑顔である。

「あたしのおかげって？」

おき玖は目をぱちくりさせた。

「あの時、口癒しという言葉を使われたでしょう？　わたしはついつい、自分の料理が人に褒められたいと思いがちなのだと気づきました。それで、若鮎や腹子の料理に張り合おうとしていました。鮎料理はどこの渓流の鮎の味がいいとか、悪いとかしきりに評され、鮎が食べる苔の種類まで問われ、ようは素材勝負と言われているので、どうせ、張り合っても負けるにちがいないと焦っていたのです。正直、恥を掻《か》きたくもなくて。ところが、お嬢さんのあの言葉で、そうではなく、そで吉さんが亡くなって、傷心の米沢屋さんたちを、口癒しの料理を通して、励ましてさしあげるべきなのだと反省させられたのです。素晴らしいことに、料理が心を癒せるかもしれないのです。それこそ料理人の使命でもあると思い到りました。お嬢さんのおかげです」

季蔵は深々と頭を垂れた。

この夜、早い者勝ちで、若鮎の塩焼きと天麩羅が振る舞われた。

季蔵は塩焼き、天麩羅各一尾を烏谷まで届けさせ、以下のような句を添えた。

　若鮎をありがたがるは見栄《みえ》っ張り　　季蔵

返ってきた烏谷の句には、文が添えられていた。

　若鮎を凌《しの》ぐ美味さの期待かな　　烏谷

米沢屋へは、わしのはからいで、今時分の鮎尽くし、それも極上の膳をそちが調えると報《しら》せてあるゆえ、早急に好みなど聞くように。

――早く、米沢屋の皆さんを探れというお達しだ――

翌日、仕込みを済ませた季蔵は米沢屋へと向かった。

米沢屋では腰がやや曲がりかけている、白髪の大番頭が待ち受けていた。控えている小僧二人が団扇《うちわ》で忙《せわ》しなく風を送り続けている。

「やっとおいでいただけましたか。何しろ、お奉行様からのありがたいおはからいですので、ご無礼があってはいけないと、昨日からこうして店先に詰めておりました」

季蔵は丁重に奥の客間へと案内された。

「お嬢様がおいでになります」

やれやれと肩を叩きながらその場を去った大番頭に代わって、お美津が茶を運んできた。きっちりと身仕舞いをしている上に、塩梅屋で見せた空ろで気弱な表情が消えている。ただし、その目は強くあろうと自分に言い聞かせ、必死に悲しみを堪《こら》えていた。

「その節は大変お世話になりました」

「このたびは――」

季蔵は悔やみの言葉を口にすると、

「仏間へのお参りはご遠慮願います。あたしは跡取り娘ですので、しっかりしなければなりません。夫のことは残念ではございましたが、一刻も早く忘れなければと思っておりますので――」

お美津は形のいい唇を強く噛みしめた。

「それではお話に入らせていただきます。わたしは北町奉行烏谷様の命にてここへ参りました。このことはお父様もご承知のはずです。皆様の好物だという鮎料理を召し上がっていただきたいのです。ついてはお好みなどお伺いしたいのですが」

季蔵は本題に入った。

「正直、鮎はもう好物ではありません」

お美津はそっけなく告げた。

「もしや、食が衰えているのではありませんか？」

季蔵はお美津のやや削げた頰《ほお》をちらりと見た。

「何を食べても砂を嚙むようです。でも、食べなければ、ここはあたしが頑張って乗り切らなければと、自分を奮い立たせるために、三度の食事を摂《と》らないということはありませんか。ただし、湯漬けでさらさらと、無理やり、ご飯を流し込んでいるような食事ですけれど——」

「甘いものなども駄目ですか？」

女子はとかく、菓子や水菓子が好きなものである。

「以前はお饅頭《まんじゆう》や干菓子、カステーラや金平糖、お菓子なら何でも好きでしたが、今はもう——。この間、これならと賄いの者が作ってくれた漉《こ》した汁粉《しるこ》さえも、匙《さじ》ですくって食べているうちに戻してしまいました。お菓子は、こうして生きているのに絶対必要なものではないと思うと、身体が受け付けてくれないようです」

「眠れますか？」

極端な節食は眠りを妨げる。

「寝酒をいただいています」

「量は？」

「日に日に増えているような気がします」

「美味しいですか？」

「いいえ」

「そうかもしれませんね。肴と一緒に美味しく召し上がらないと」

お美津は最後の一言を他人事《ひとごと》のように呟《つぶや》いた。

季蔵は潮時だと感じた。

「お母様にもお会いしたいのですが――」

「母なら離れで臥《ふ》せっております。あたしよりひどく窶《やつ》れて――」

お美津の目からはじめて涙がこぼれ落ちた。

四

「どうぞ」

お美津が障子を引いた。

「お邪魔いたします」

「これはご丁寧においでいただいて――」

蒲団《ふとん》の上に横になっていた八重乃が上半身を起こしかけた。

「どうか、そのままで」

季蔵が止めたが、

「いいえ、ちょっと夏風邪《なつかぜ》をこじらせただけですから」

八重乃は乾いた咳《せき》をした。

「おとっつぁんから聞いたんだけど、香魚のことはお奉行様のお声掛かりで、この塩梅屋さんが好物の鮎料理を拵えてくれるんですって。だから、あたしたちの好みを聞きに来てくだすったのよ。おっかさん」

「それはまあ、有り難いことでございます」

八重乃は頭を垂れた。

「それでは、あたしは店の方があるので失礼します」

お美津が障子を閉めた。

「好みと申しましても――」

八重乃はお美津ほどはっきりとは言わず、

「なにぶん、こんな身体でございますから」

鮎のみならず、食の失《う》せている事実をぼかして言葉にした。

「召し上がっているのは白湯や粥《かゆ》ですか？」

たしかに八重乃はお美津とも比較にならないほど痩《や》せて窶れ果てていた。

「白湯と重湯です」

「それでは力がつきません。せめて、五分粥ぐらいは召し上がらないと――」

「お医者様にも、夏風邪を馬鹿にして、養生が足りないと不治の病の労咳《ろうがい》（結核）になってしまうこともあるからと、きつく叱《しか》られているのですが、なかなか——」

八重乃はまた咳をこぼし、

「わたしがあの時、何としてもそで吉を止められていれば、そで吉が命を落とすようなことはなかったのだと思うとやりきれなくて——」

目に思い余った涙を浮かべて、

「夏風邪で倒れてしまったあたしに代わって、気丈に頑張ってくれている、お美津の姿を見るにつけても、あんなにも一心にそで吉を想っていたのだから、さぞかし心は悲しみで溢《あふ》れていることだろう、それにやっとやっと堪えているはずなのだと思うと、可哀想《かわいそう》でなりません」

「旦那様の征左衛門さんはどうされています？」

「日に一度は見舞ってくれます」

一瞬、八重乃の声に感情が失せて、涙が浴衣の両袖で拭《ふ》かれた。

「征左衛門さんはそで吉さんの身に起きたことを、どのようにお感じなのかと——」

「さあ」

八重乃の表情が能面のように凍りついた。

「世間で取り沙汰《ざた》されているようなことがあったにせよ、そで吉さんは大事な娘さんのお婿さんで、米沢屋の跡を継ぐ方でした」

「夕方になると——」

八重乃は強《こわ》ばった顔のまま咳き込みつつ、

「変わらず――、出かけて行って――、遅く――帰ってくるか――、時には――朝帰りのこともございます」

と続けた。

「今でもですか？」

季蔵は耳を疑った。

――お連さん絡みでそで吉さんは殺されたのではないかもしれないが、義父と一人の女を取り合っていた、ごたごたの最中の不幸だった。となれば、そこで目が覚めて、残された娘さんの心の平穏のために、お連さんとの縁を切るのが父親ではないだろうか？　征左衛門さんには父親の心というものがないのか？――

「もちろん」

大きく頷いた八重乃はさらに激しく咳を続け、聞きつけた小女《こおんな》が、

「お内儀さん、大丈夫ですか、お内儀さん」

障子を開けて入ってくると、

「お薬をさしあげなくてはなりませんので、もうこのくらいで」

季蔵は部屋を追いだされた。

「大旦那様はお忙しく、今日は店にはおいでになりません。それでお嬢様にお会いいただいたのです」

固い表情の大番頭に送られて季蔵は米沢屋を後にした。

廻る先は、お連の住む山谷堀の元吉町《もとよし》である。

元吉町のまわりは俗に田中と呼ばれるほど一面の田圃《たんぼ》であるが、その外れで緑色の艶《つや》やかな葉を茂らせた木々が立っている様子はなんとも不似合だった。

——こんなところに妾宅《しょうたく》を？——

お連が征左衛門にねだって手に入れた家の前で、訪《おとな》いを入れたが応答がない。

——奉公人はいないようだ——

そのせいもあるのか、垣根のカラタチは丈が不揃いな上、枯れて中が見透せる箇所もあった。

そして、格子戸を抜けて見えた庭は、雷にでも打たれたのだろう、五葉松が縦半分にばっさりと折れたままで、背丈の高い雑草が伸び放題、池の水はどろりと淀《よど》んでいる。

——これではまるで廃屋ではないか？——

季蔵は石畳を踏んで三和土《たたき》のある玄関まで歩いた。

「お邪魔いたします。旦那様のお遣いでまいりました」

もう一度声を掛けた。

——お奉行様のお声掛かりだという経緯は後で伝えよう——

ほどなく、障子を閉める音に続いて廊下を踏む足音が聞こえて、

「いつも、ご苦労さん」

厚化粧を凝らして、髪を大銀杏《おおいちょう》に結い上げたお連が、白地に赤い金魚を配した浴衣姿で前に立った。

「あら、いつもの小僧さんじゃないのね。ま、いいわ。今日はなあに？　何を食べさせてくれるの？」

――どうやら、征左衛門さんはお連さんに食事を届けさせているようだ――

「あんた、どこかで見た顔だわ。あたし、男前だけは忘れないのよ」

お連は早速流し目をくれた。

「木原店《きはらだな》の塩梅屋でございます。いつぞや、ご贔屓《ひいき》をいただきました」

「ああ、あんあん時の男《ひと》ね。何か用？　あ、用があるから来たのよね。まあ、入ってちょうだい」

季蔵は白粉《おしろい》の匂いが籠《こ》もっているお連の部屋に案内された。

「冬は寒いんでしょうけど、今はここが北向きで一番涼しいのよ」

季蔵は前の住人が忘れていった品だと思われる、畳に落ちている線香に目を転じた。

――おそらく、この部屋は元仏間のはずだ――

「何か飲む？　といってもあるのはお酒と井戸の水。長く使ってなかったから、飲めるようにするには、汲《く》み上げては捨て、汲み上げては捨てを繰り返して大変だったのよ」

「結構です」

「それじゃ、あたしの方はこれを」

お連は冷や酒の入った大徳利に手を伸ばした。紅が艶《つや》やかに光っている受け口気味の唇が、猪口《ちょこ》の酒を次々に吸い取って行く。

「話をさせていただいてよろしいですか？」

「いいわよ」

季蔵は好物の鮎料理を作るに際して、好みを聞いている旨を話した。

「でも、それ、米沢屋の人たちだけでいいんじゃないの？　何もあたしにまで聞かなくったってさ」

「そうでもございません」

季蔵はそで吉殺しに関《かか》わって鮎尽くしを提案した、烏谷の腹の裡を明かした。

――これで相手がどう出るか？――

「はははははは」

お連は声を上げて笑い、

「よりによって、あたしがそでさんを殺した下手人だって？」

さらに笑い続け、

「そりゃあ、お奉行様も節穴がすぎるわよ。こう見えても、あたしは分だけはわきまえてるんだから。米沢屋のお内儀さんを追い出して、代わりに座ろうなんて思ってやしませんよ。誰が座りますかね、あんな、退屈な座布団の上に――」

「それなら、なぜ、ここにおいでになるのです？」

季蔵は思わず訊いた。

「あたしね、こう見えても、この静かっていうよりも陰気な住《す》み処《か》が気に入ってるのよ。男出入りが過ぎるだの何だのとあれこれ後ろ指を指す、近所ってものがほとんどないから、気楽ったらありゃしない。それと何より、長唄を教えながら、いろんな男たちの機嫌を取るのに、骨の髄《ずい》からうんざりしてたのよ。だから、ここにいるってわけ。ここなら、ほら
――」

お連は真っ白な左肩口を露《あら》わにして見せて、

「年寄りで退屈な金持ちじゃない相手とも、思いきり楽しめるかもしれないしね」

季蔵に向けた流し目の端でふふっと笑った。

五

「もしや、鮎料理はお好みではないのでは？」

季蔵は話を元に戻した。

「そんなことはないわよ、大好き、でもねえ――」

お連が艶《なま》めかしく語尾を引いた時、

「お連、わしだ」

玄関でやや嗄《しゃが》れた男の声がした。

「あら、やだ、米沢屋の旦那だわ」

お連は季蔵に目配せした。

――何も疚《やま》しいことはないのだから――

季蔵はたじろがなかった。

「帰ったぞ」

障子が開いた。

「お連――」

お連に声を掛けているものの、征左衛門の目は季蔵を睨《にら》み付けている。

征左衛門は身の丈、六尺（約一八二センチ）近くある、商人には珍しい大男で、年齢《とし》と美食のなせる業か、ほどよく肥えている。

「先代長次郎《ちょうじろう》の存命中にご贔屓をいただき、先日もお運びいただいた塩梅屋でございます」

季蔵は辞儀をした。

「ああ、そうだったな」

思い出した征左衛門の目はまだ季蔵を見据えたまま、

「とかく、おまえは若い見てくれのいい男となると、見境がなくなるからな」

お連に小言を言うと、

「嫌ですよ、旦那。今更、悋気《りんき》なんて見苦しい。悋気は棄てられた女や年寄りが起こすもんと相場が決まってますよ。旦那には似合やしませんって。ま、旦那みたいな天下一の米屋みたいなお人に、悋気を起こされるあたしの方は、女冥利に尽きますけどね」

相手はくくっと笑った。

「ふむ」

征左衛門の表情が和らいだ。

――お連さんの男あしらいこそ、天下逸品だ――

季蔵は感嘆した。

「さて、用は何かね。用があるから、こんなところまで来たのだろう？」

征左衛門はお連が勧めた座布団に胡座《あぐら》をかくと、倣《なら》って空いた猪口を傾けた。

「ないんですか？　今日は？」

お連の口調が甘えた。

「そうだった、今日は八百良《やおりょう》に頼んでおいた、とびきりの肴があるぞ。おまえとわしの大好物だ」

征左衛門は懐から紙の包みを出して開いた。

焼いた鮎と揚げた鮎が十尾ほど並んでいる。

――大きいな――

若鮎ではなく、今時分のものだと季蔵は判断した。

今時分の鮎であっても、獲れるのは川の上流なので、そうたやすく入手できるものではなかった。

——八百良では、それなりに苦労して仕入れて料理したもののはずだ——

「まあ、うれしい」

お連は早速、厨《くりや》から小皿と箸を持ってきた。

「いただきまぁす」

無邪気にはしゃぎながら、細い鮎の体を箸で摘《つま》んで齧《かじ》り付く。

「あら、やだ、これ」

お連はむっとした顔で、摘んだ鮎の塩焼きを小皿に戻した。

「どうしたんだ？」

征左衛門はおろおろとお連の機嫌を気にかける。

「旦那も食べてみて。こんなに香りの薄い鮎、不味《まず》くて食べられやしない」

お連は箸を投げ出した。

征左衛門の方は塩焼きと揚げたものの両方を一口ずつ齧ると、

「なるほどな」

お連に倣って箸を置いた。

「無理もありません。これは若鮎ではなく、今時分の鮎なのですから」

季蔵は初めて口を開いた。

「八百良に文句を言ってやる。せっかく、お連のために美味い鮎を食わせてやろうとしたのに、これは酷《ひど》い不始末だ」

征左衛門は天狗のような高くて大きい鼻をさらに上に向けて、恐ろしい顔で憤慨している。

「八百良に鮎料理を頼まれたのはいつのことです？」

「昨日のことだ。お奉行様から何やら、美味い鮎料理の話を伺って、すぐに、お連に食べさせてやりたくなったんだ。江戸一の八百良に頼めば、まず、間違いないと思った。何しろ、茶漬けの注文を受けて、玉川にまで水を汲みに行かせ、茶漬け一杯で途方もない金をせしめたという、拘《こだわ》りの名店だからな」

「たとえ八百良でも、昨日の今日では、とても、若鮎は揃えられないと思います」

言い切った季蔵は、

——何だ、それなら、奥多摩の留次さんが届けてくれた、とっておきの若鮎を、塩焼きと天麩羅にして届ければよかったのか——

何やら空しい気がしてきた。

——どうやら、料理人としての腕も見くびられていたようだ——

悔しくもあった。

「お奉行様からは今時分の鮎で、皆様のお口に合う鮎尽くしをと仰せつかりました」

すると征左衛門はふんと天狗の鼻で笑い飛ばして、

「お奉行様からのお話だったので、形だけ有難く伺ったまでのことだ。今時分の鮎料理が若鮎に勝るなんて、最初《はな》っから信じちゃいない」

「しかし、わたしはお奉行様のご意向に添わなければなりません。何としても、皆さんに得心していただける、今時分の鮎料理でおもてなしするつもりです」

季蔵は意地を通すことにした。

「あんたもどうせ、形だけだろうが――」

征左衛門がちらりと哀れみのまなざしを向けてきたが、

「いいえ、先ほど申し上げたことに嘘偽《うそいつわ》りはなく、わたしはこの料理に心血を注ぎます」

季蔵は覚悟のほどを示した。

「まあ、勝手にしろ」

征左衛門は冷笑した。

「ところで、そで吉さんの鮎料理の好みをまだ伺っておりません」

季蔵は話を核心へと誘導した。

「死んだ身内のことはもういい」

征左衛門の天狗鼻が大きな息を吐いた。

「今回の鮎尽くしの料理は、そで吉さんへの供養も兼ねることになるだろうと、お奉行様は仰せでした」

「何と、お奉行様がそのように――」

征左衛門は唇を引き結んだまま、額から冷や汗を流し続け、

「ああ、あのそでさん、焼き鮎や鮎のあめ炊きの話をしてくれたことあったっけ」

ふとお連が言い出した。

「どんな料理でしたか？」

「郷里《くに》の山家《やまが》の料理だってことで、いろいろ話してたけど覚えてないわ。あたし、料理は食べるのは好きだけど、作るのは嫌いなのよ、めんどうだから――」

「なるほど。たまにはそで吉さんと、お二人で酒など酌まれるようなことはありませんでしたか？」

お連の言葉に頷いた季蔵は征左衛門に訊いた。

お連はぷっと吹きだして、

「旦那とそでさんはあたしを間に犬猿の仲よ、そんなことありっこないでしょ」

「そうでしょうか？」

季蔵は探るような目を征左衛門に向け続けている。

「あら、まさか、旦那を疑ってるの？」

お連は両手をぱしっと打ち合わせ、

「そうか、そりゃあ、まあ、あり得ないことじゃぁないわよね。旦那は誰よりそでさんが憎かったはずだもの」

征左衛門をまじまじと見て、

「旦那、大変よ。これは鮎尽くしにかこつけて、お奉行様が旦那を下手人じゃないかって怪しんでるんですよ。もし、旦那に思い当たることがあったら――。ああ、あたし、何だかどきどきしてきちゃった」

　目を潤ませた。

「馬鹿を言うな」

　征左衛門はぴしゃりと殴りつけるような物言いをして、

「あんたがお奉行様のお手先がどうかは知らないが、わしはそで吉が殺された夜には、ここに立ち寄らなかった。今戸の三升亭《みますてい》で大事な寄り合いがあったからだ。米屋仲間は、わしがずっとそこに居たと話してくれるはずだ」

　大声で続けた。

　季蔵はお連の目を見た。

「そうね、たしかに、あの日は旦那、ここへ来なかったわ」

「そで吉さんは？」

「それは――」

　この時、頷く代わりにうつむいたお連の頰めがけて、

「おまえという女は――」

　立ち上がった征左衛門の平手打ちが飛んだ。

「思い知らせてやる、懲《こぶし》らしめてやる」

　叫んだ征左衛門は拳を固めてお連を追いかけ始めた。

　敏捷《びんしょう》なお連はひょいひょいと部屋の中を跳んで、拳を躱《かわ》しつつ廊下へ出た。その顔はう

っすら笑っていて、

――痴話喧嘩《ちわげんか》だな――

季蔵が呆れていると、

「米沢屋さんよぉ」

征左衛門の前に、頭一つ大きい坊主頭の男が立ちはだかった。

六

「こんなところにしけ込んでたんだね、米沢屋さんよぉ」

坊主頭の大男の声はドスが利いている。

「返事はすると言ったはずだ」

図体の割に小心な征左衛門が後退《あとずさ》りした。

「今日の朝の約束だったぜ」

「そで吉のことだったたな」

征左衛門は精一杯の大声を出した。

「そうともさ。米沢屋さんともあろうもんが、逃げ隠れするなんぞ、もってのほかだぜ。死んだ婿が作った博打《ばくち》の借金、きっちり返してもらわねえと困るぜ」

――願人坊主《がんにんぼうず》の借金取りか――

願人坊主とは、水垢離《みずごり》やお百度参り等の神仏への祈願を代行する仕事に始まって、どんなことでも請け負う僧形の大道芸人である。

「わかってる、わかってるから、ここではなんだから、あっちで」

懇願する征左衛門に、

「こっちには、こいつもあるんだからな」

坊主頭は懐に片手を差し入れる仕種をして、

「あら、やだ、怖い」

お連はそそくさと廊下から部屋に入り、ぴしゃりと音を立てて障子を閉めてしまった。

「話とやらを聞こうか」

坊主頭に促されて征左衛門は勝手口へと向かった。

季蔵はすぐに、二人の後を追うつもりだったが、二人の姿は瞬時に消えていた。裏口には駕籠が二挺《ちょう》置かれていた跡と、駕籠舁《か》きの足跡が四人分残っていた。

──あの男、米沢屋さんと話をつけるために辻《つじ》駕籠を待たせていたのか？　しかし、願人坊主のなれの果てで、脅しをかけているあの男に、そんな余裕の金があるとはとても思えない──

季蔵は奇異な印象を受けた。

何日か過ぎて塩梅屋を訪れた烏谷に、季蔵はお美津、八重乃、お連、征左衛門についての話をした。

「お美津さんと八重乃さんに限っては、疑いをかけることはないと思います。あのような心根の方々に、夫や婿を殺《あや》めることができるとはとても思えません」

季蔵は憔悴《しょうすい》しきっている二人の様子を思い起こしていた。

「下手人ではないという、何かこれといった証があるのか？」

「いえ、それは――」

「いくら二人の美女が打ち萎《しお》れて、か弱い風情であっても、そで吉を殺したいという感情とは無縁であるとは思えぬゆえ、嫌疑から外すことはできぬ。人は見かけによらず、場合によっては、役者顔負けの芝居をすることもできる。お美津が気丈に振る舞っているのは、亭主を手にかけてしまった呵責《かしゃく》によるものかもしれぬし、今時分、八重乃が寝込むほど夏風邪をこじらせているのも、ちと怪しい」

「忘れておりました、情愛の裏面は憎しみでした」

季蔵は何度も滅多打ちにされて、頭が潰れていたそで吉の骸を思い出した。

――あの有り様はたしかに怨恨《えんこん》だ――

「不実な婿とはいえ、相手の女を殺したいと思うほど一途《いちず》に想っていたお美津の苦しみを、八重乃は分かち合っていたことだろう。お美津と八重乃がそれぞれ、不実な婿さえいなければと思い詰めていたとしたら？　あの日、夕刻、必死で止める八重乃を振り切って出かけたそで吉の行き先は、二人とも見当がついていたはずだ」

烏谷の言葉に季蔵は心の中で頷いた。

──あり得ないことではない。それにその夜、征左衛門さんはお連さんのところへ立ち寄っていない。奉公人に見つからないようにして、店を抜け出して、お連さんの家から出てくるそで吉さんを待ち伏せしていれば──

「そで吉はお連の家の近くの山谷堀で見つかっている」

烏谷が止《とど》めをさしかけたが、

「女の力では骸を引きずるしかありません。骸には引きずられた痕などありませんでした。殺められたのは土手です。ただし、母娘のうちのどちらかなら、お連の家から出てきたそで吉は、身の危険も感じず、話をしたいと言う相手と一緒に、山谷堀へと歩いて出たことでしょう」

「それもあり得るが、お美津と八重乃の二人がかりなら、交替で骸を背負えただろう。こういう時、とかく、か弱く見える女にも、火事場の馬鹿力が出るものなのだ」

──母娘が結託して婿殺しを？──残念だが、それもあり得ることだ──

季蔵が憂鬱《ゆううつ》な気分に陥りかけていると、

「だが、お美津、八重乃にも増して怪しいのは、そで吉が死んでも、たいして悲しんでいるとは見受けられないお連と米沢屋だ」

烏谷は先へ進んだ。

「そうおっしゃられても、米沢屋はただただ尊大で、溺《おぼ》れきっているお連だけに従順で、米沢屋を笠《かさ》に着ているお連は、行き当たりばったりに、身勝手な感情を言葉にするだけです。わたしは、果たして、この人たちに、人らしい心があるのか、獣に等しいのではないかと思いました」

季蔵は正直な気持ちを口にした。

――だから、人として、止《や》むにやまれぬ心の裡がわかるお美津さんや、八重乃さんが下手人でなどあってはほしくない――

「米沢屋もお連も、さぞかし、そちには苦手な部類であったろう」

烏谷はわははははと大声で笑い、一層、目に鋭さを増させた。

「あの二人は母娘と正反対にけろりとしたものだ。悲しみ憔悴しているふりをして、その実は喜んでいるという輩《やから》もいないことはなかろうが、そう多くはない。やはり、これだけのことが起きて、平気でいる連中は性根がよろしくないのだ。この手の奴らはよくよく思い悩んで罪を犯すのではなく、時に金のため、自分可愛《かわい》さで相手憎しのために人を殺めかねないからだ。ようは、人一人の命を奪うことへの呵責など、持って生まれてきてはいないのだ」

「お奉行様は米沢屋とお連をお疑いなのですね」

――よかった――

季蔵がひとまずほっとしかけると、

「まだ、わからぬ。米沢屋はそで吉を憎んでいたに相違ないが、寄り合いに出ていて、身の潔白を示すとりあえずの証があるし、あれでなかなか利に賢《さと》く、知恵の回るお連の仕業なら、疑われかねない自分の家近くで、そで吉を殺めるとは思いがたい。お連は情に薄く、男を溺れさせても、自分は決して溺れぬ性質《たち》ゆえ、米沢屋と二人して、そで吉を殺すことなどもありはしないだろう」

首を横にした烏谷は、季蔵の耳に口を寄せて、

「秘してほしいことがある」

「何でございましょう？」

「そちは、押し入ってきた願人坊主と米沢屋を追ったが、見失ったと申したな」

「はい」

「その際、駕籠や駕籠舁きの姿は見たのか？」

「いいえ、あまりにも相手が素早くて――」

「それはよかった」

烏谷がふーっと安堵《あんど》のため息をついた。

「いいか、この話、誰にもするでないぞ。洩《も》らせば、人知れず、これということもある」

烏谷は手斧《ておの》を太い自分の首にかざして見せた。

「わかりました」

夏だというのに季蔵はぞっと背筋が冷たくなった。

翌日も翌々日も猛暑が続いた。

「お奉行様に命じられて、米沢屋さんをもてなす鮎尽くしの件で、相談に乗ってもらいた

い」

　この日、季蔵はおき玖と三吉に頭を下げた。

「いけないよ、季蔵さんがおいらなんかに頭下げるなんて――」

　三吉は慌てて、額からまた玉の汗を噴き出させた。

「あたしたちで役に立つものかしら？」

　おき玖は神妙な顔になって、

「鮎料理なら、おとっつぁん、何か書き遺してたはずよ。でも、まあ、季蔵さんならとっくに読んでるでしょうけど――」

　片手を頰に当てて考え込んだ。

「とっつぁんの日記に鮎の塩辛があって、これは美味そうだと思いました」

「わあ、鮎の塩辛、珍しくて高級そう!!　焼いたり、揚げたりじゃない鮎料理に、いいじゃない、それ――」

「残念ながら、これは若鮎よりも小さい子鮎で作ります。生のまま塩漬けにして、蓋《ふた》付きの鉢に入れ、身が塩に馴染《なじ》んだところを食べるのだそうです」

「昆布じめならぬ、塩じめみたいなものね」

「皮はしっとりと柔らかく、また、水苔が香り立つ、はらわたのほろ苦さと風味が絶妙で、清流が口の中を流れていくかのようだと、とっつぁんは書いていました。酒飲みにはたまらないもののようです」

「でも、それ、子鮎なんじゃ、今回は使えない」

おき玖はがっかりした表情を隠せなかったが、

「一つ、焼き鮎で勝負してみようと思っています」

季蔵は切り出した。

「焼き鮎？　鮎の塩焼きのことでしょ？、塩焼きは若鮎と子持ち鮎の独壇場のはずだから、駄目、駄目、今時分の鮎じゃ、とても敵いっこないわ」

おき玖は勢いよく首を振った。

七

「とっつぁんは、〝焼き鮎は塩焼きにあらず〟と書いていて、〝雑炊《ぞうすい》や素麺《そうめん》に用いると聞くゆえ、出汁にて供するのではないかと思われる〟と続けていました」

「それ、鰯の代わりに贅沢に鮎の煮干しってわけ？」

おき玖が目をぱちくりさせた。

「もしかして、鮎節のことじゃないかな」

珍しく三吉が思案深げに言った。

「へえ、鰹節ならぬ鮎節？」

おき玖は目を瞠ったままである。

「まあ、そうだよ。おいらんとこの長屋に山家育ちの婆《ばあ》さんがいてさ、食い物にうるさくて始終文句ばっかし言ってんだけど、〝江戸の出汁は酷い、不味い、鮎節でとった水出汁が飲みたい。死ぬまでに一度でいいから、鮎の水出汁で拵えた煮麵《にゅうめん》を食いたい〟っていうのが口癖なんだよ」

「よし、それだな」

季蔵は知らずと両手を打ち合わせていた。

「三吉、そのお婆さんに会わせてくれ」

「わかったよ」

こうして季蔵は三吉の住まう長屋のおしげ婆さんを訪ねることになった。

「こんなむさ苦しいところによくおいでなすって――」

若い頃、大店に奉公していたというおしげは、如才なくもてなしてくれて、水出汁の話になると、郷里の宝だとまで称して、如何《いか》にその味が素晴らしいか、長々とまくしたてたが、

「郷里の宝の元である、鮎節の作り方を教えてください」

季蔵が切り出すと、

「教えられない」

強い言葉で拒まれてしまった。

後で三吉が、

「言い忘れてたけど、おしげ婆さんの物忘れは有名なんだ。忘れてないのは鮎節の水出汁

ぐらいのもんだって、言ってる人たちもいるくらいで――」

頭を掻《か》いて詫《わ》びた。

「あたし、思い出した。いつだったか、お勘定を溜《た》めてた釣り好きのお客さんから、お代の代わりに鮎を沢山貰ったことがあったの。どう工夫して料理しても、余っちゃう。その時、おとっつぁん、〝はらわたを抜かずに鰯のように干してもいいが、鮎は風味のあるはらわたが命だ。ただ干すだけではせっかくのこの風味が抜けてしまう。やったことがないんで自信はないが、いっそ、燻《いぶ》してみるか〟って独り言を。その先は覚えてないから、鮎好きのご近所に配って終わったんだと思うけど――」

――なるほど、燻し鮎か。燻した鮎が焼き鮎、鮎節と同じかどうかはわからないが、試してみる価値はある――

「それで行きましょう」

季蔵が大きく頷くと、

「早速、鮎を手配するわね。今時分の鮎といったって、なるべく、水が綺麗《きれい》なところで芳しい水苔がたくさんで――」

続けかけたおき玖に、

「清流であれば結構です。ただ、なるべく近くで獲れる鮎をお願いします。できれば獲れて一刻（約二時間）ほどのものを――」

「わかった、獲れたてでなければ駄目ってことね」

ためた。

この後、季蔵は鮎を燻すための鉄の大鍋探しに出掛け、おき玖は船頭の豪助《ごうすけ》に文をした

「すみません」

八ツ（午後二時頃）を過ぎて訪れた豪助は、おき玖の頼みを聞いて、

「場所をとやかく言われなければ、大丈夫だ。任せといてくれ。それにしても、今時分の鮎を燻すとは、兄貴も面白いことを思いついたな。届ける日にちが決まったら言ってくれ。必ず間に合わせる。燻し鮎で兄貴が拵える鮎料理が楽しみだぜ。代はいらねえ。その代わりに、俺とおしん、善太《ぜんた》にたっぷり食わせてくれと言っといてくんな」

真っ黒に日焼けした端正な顔を綻ばせた。

出奔した季蔵を乗せた舟を漕いでいた豪助は、季蔵を兄貴と呼び、水茶屋女に入れあげていたが、今では女房、子どももある一家の大黒柱であった。

以前は船頭と浅蜊《あさり》売りを兼業していたので、漁師たちとは懇意で顔が利いた。

季蔵の方は鉄の大鍋探しに手間取っていた。

鍛冶屋に頼んで作ってもらえば、思い通りのものが出来るのだが、それではあまりに時と金がかかりすぎる。

燻した魚を食べてみたいと思いついた食通たちが、そのうちに飽きて、損料屋もしくは質屋に売り渡した品を探すしかなかった。

それでも、なんとか、ほぼ想い描いてた通りの丸い鉄製の大鍋を、損料屋と質屋でそれ

ぞれ見つけることができた。

このうち、割高ではあったが、直径二尺（約六十・六センチ）の大きい方の鉄鍋を買い、店に戻ると、

「明後日になってもいいから、五十尾は必ず揃えるよう、すぐ豪助に報せてください」

とおき玖に頼んだ。

豪助からは明日の早朝届けるとの返事があった。

翌朝は、三吉までもまだ薄暗いうちから店に出て、いよいよ、燻し鮎作りが始まった。

「五十尾に二十尾、上乗せしたのは、うちの分だ。おしんが季蔵さんのやることには、とりあえず乗っといた方がいいってさ」

漬け物屋に奉公していたおしんは、塩梅屋の料理に刺激を受けて、父親が遺した甘酒屋を今では漬け物茶屋にし、繁盛させている。美人とはほど遠いが、とにかく商売熱心なのである。

「今日は店を休みにした。後でおしんと坊主も来る。あいつのことだから、作り方を見ておきたいんだろう」

「働き者のいいおかみさんね」

おき玖が目を細めると、

「ま、あいつといると、商いのことを、次から次へと思いつくんで、退屈はしねえのさ。おき玖ちゃん、あのことはくれぐれもあいつには――」

豪助は人差し指を唇に立てた。

豪助が船頭と浅蜊売りを兼業していたのは、目の玉が飛び出すようなお茶代を取る、素人の清楚《せいそ》な美女揃いの水茶屋通いに嵌《はま》っていたからだった。

「父親が誰だかわからねえんだとか、おっかさんが男と逃げて、親戚《しんせき》を盥回《たらいまわ》しになったとか、たいていのことは話したんだが、水茶屋に金を落としてたことだけは言ってねえ。あいつ、怒らねえだろうけど、きっと、傷つくと思って――」

「たしかに綺麗な形《なり》をして、お茶出してるだけで、いいお金になる女の人たちと、亭主が関《かか》わってたと思うとたまらないでしょうね」

おき玖はしんみりして、

「おしんときたら、うんと若い時から、漬け物の酸っぱい匂いを染みつかせてて、寝る間も惜しんで働いてきたんだから――」

豪助は鼻をぐずつかせた。

「大丈夫、絶対、言ったりしない、安心して」

二人がこんな話をしている間に、季蔵は三吉と二人で鮎に竹串を刺していた。

竹串は鮎の口からえびの形に突き刺していく。この時、鮎の体は硬直が起きて縮んでいるので顎《あご》が開く。

「口は押さえてすぼめておくように。裏庭で燻すので今時は虫が入る」

「へい」

竹串刺しが終わると、季蔵は裏庭に置いた鉄鍋の中央で炭火を熾し始めた。

ほどよく火が熾きたところで、回りにぐるりと竹串に刺した鮎を立てる。

七十尾もあったので、竹串の鮎は三重に立った。

この時、

「お邪魔しまーす」

女ながらやや太い声がした。

「季蔵さん、おしんさんと善太ちゃんですよ」

おき玖が勝手口から顔を覗かせた。

見るたびにふくよかさが増しているおしんの全身からは、とめどもない幸せが立ち上っている。

「燻し鮎を見せていただきに来ました」

おしんは店に入らずに裏庭へと廻った。

「わ、凄《すご》い」

鮎の三重もの竹串におしんは度肝を抜かれ、

「魚、魚、魚、矢みたいな魚がいっぱい」

善太は歓声を上げて、鉄鍋の周りを飛び跳ねた。

「そんなにむやみに跳んでは、鉄鍋の火に足を焼かれちまうぞ。気をつけるんだ」

豪助はすっかり父親の表情である。

「これでどのくらい時をかければ、燻せるものなんですか？」

おしんの方は商い上手な女将《おかみ》の顔であった。

「尾が乾く程度に火が通ったら、鉄鍋に蓋をして、三刻（約六時間）ほど燻すことにします」

「そんなに!! 以前から、最高に上品な出汁になるという、鮎節のことは耳にしてたんです。どんな風に作るのだろうかと興味津々で。けれど、鰹節の鰹と違って、鮎は小さいので、それほど時がかかるものだとは思っていませんでしたよ」

「そりゃあ、おまえ、当たり前だろう。焼くんじゃなくて燻すんだから」

したり顔で口を挟んだ豪助は、

「思い出した。そういや、鮎釣り名人の知り合いが、いつだったか、大きな鮎が大漁だった話をしてくれて、〝何ってってたって、半日もかけて、生竹をくべて大事な鮎を小判色にしたんだから〟って言ってたな。あれもきっとこれと同じ燻し鮎にしたんだろう」

と続けた。

「生竹をくべると煙が出るので、鮎は白い焼き上がりではなく、金色に変わることでしょう」

「金色、金色、やってみたい」

せがむ善太に、

「ごめん。残念だが、うちでは金色の鮎を見せてはあげられない。煙が移って、澄み切った出汁ができなくなってしまうから」

季蔵はためらいがちに首を横に振ったが、

「でも、金色、見たい。金色の魚」

善太はきかず、

「駄目と言ったら駄目だ」

豪助がやや怖い顔をしてみせると、

「おっかあ」

泣きべそをかいておしんに身体をなすりつけた。

「よしよし、今度ね、そのうち、おとっつぁんに鮎を仕入れてきてもらって、うちで一緒に作ろうね、金色のお魚。だから、今はね――」

母親の言葉にこくりと頷いた善太は、

「魚、魚、魚がいっぱい」

また元気よく、蓋をした鉄鍋の周りを飛び跳ね始めた。

第三話　瑠璃の水菓子

一

「ところで、今更、馬鹿みてえなんだけど、どうして、尾が乾かないと蓋《ふた》ができないのかな？　早く蓋をした方が、熱の回りがよくて、時がかからねえ気がするけど」

三吉《さんきち》がおずおずと訊《き》いた。

「鮎《あゆ》が生同然のところに蓋をして、急に鉄鍋《てつなべ》の中が熱くなると、皮の薄い腹が真っ先に割けてしまうんだ。苦みと香りが絶妙に相俟《あいま》っている若鮎ほどではないが、今時分の鮎のはらわたも、珍味であることに変わりはない。せっかくのはらわたが台無しになっては元も子もないだろう」

季蔵《としぞう》は応《こた》え、三吉とおしんはうんうんと熱心に頷《うなず》いていた。

朝早くから始めた燻《いぶ》し鮎作《あゆづく》りは、八ツ（午後二時頃）近くまでかかって終わった。

「お腹空《なかす》いたよう」

善太《ぜんた》が訴えると、

「おいらもだ」

三吉の腹がぐうと鳴った。

「ご飯が炊《た》き上がりましたよ」

おき玖《く》の声に、

「まずは、坊やと三吉に、これを食べてもらおう」

季蔵は燻し鮎を何尾か竹串《たけぐし》から外すと、濃いめに煮出した番茶、少々の酢、醬油《しょうゆ》、砂糖、酒だけでさっと甘辛煮にした。

「あら、燻し鮎って、天井から吊《つ》るしたりして、長く使うんじゃないんですか？」

おしんが首をかしげた。

「出汁《だし》に使うから、そうするのでしょうが、焼きたてなので、佃煮《つくだに》のように煮込まない甘辛煮も、美味《おい》しいのではないかと思ったのです」

「さあ、食べて」

おき玖が二人のために飯をよそい、さっと甘辛煮にした燻し鮎を皿に盛りつけて、箸《はし》と一緒に手渡した。

三吉は甘辛煮の鮎を飯の上にのせ、息もつかずに搔《か》き込むと、

「ああ――」

これぞ至福といわんばかりにため息をついた。

善太の方はおしんが手伝って、鮎のはらわたを除《の》けて身を食べさせた。

除けられた皿のはらわたにしばらく見入っていた善太は、三吉の様子を見て、

「これも食べる」

母親を促して大きな口を開いた。

「子どもには苦いだけだよ」

案じたおしんがほんの少し、摘《つま》んで口に入れてやったところ、善太は口を開き続けて、先をねだり、とうとうはらわたを平らげてしまった。

「この子、親譲りの酒飲みなのかも」

おしんが呟《つぶや》くと、

「年端もいかない頃から菓子と変わらず酒も舐《な》めてた俺の子だってえ証《あかし》だよ」

豪助《ごうすけ》はうれしそうに照れた笑いを浮かべた。

次に季蔵が拵《こしら》えたのは鮎素麺《あゆそうめん》であった。

「今日はこれが遅い賄いです」

燻し鮎の竹串を抜いて、たっぷり湯の入った鍋で煮だし、清汁《すましじる》よりやや濃いめの醤油味の出汁を作る。

「あたしは素麺を茹《ゆ》でるわね」

おき玖が大鍋を火にかけた。

「三吉、大盥《おおだらい》に井戸水を頼む」

「へい、合点」

出来上がっている鮎の出汁は、茹で上がった素麺ともども、冷やさなければならなかった。

「よいしょ、よいしょ」

三吉は掛け声をかけながら、汗みずくになりながら、忙しく、井戸端と店の中を行き来し、

「大盥、もう一つ、どっかにないのか？」

見かねた豪助が、おき玖の応《いら》えで離れの納戸に大盥を見つけに行って、井戸水運びに手を貸した。

こうして、鮎の出汁と素麺が冷えて食べ頃になった。

「さあ、どうぞ」

おき玖は各々に椀を配った。

鮎素麺は、椀に取った素麺に、鮎の出汁をたっぷりとかけて食べる、ただそれだけの料理である。

鮎出汁の繊細な味を楽しむので、薬味の類《たぐい》は一切添えない。

「うわーっ」

一口啜《すす》り込んだとたん、おしんとおき玖は感嘆の声を上げた。

「聞きしに勝るとはまさにこのことだな」

豪助は椀に残っていた鮎の出汁を、一滴も残らず飲み干した。

善太と三吉がそれを真似《まね》た。

ここからはちょっとした合戦であった。

各自、素麺に箸を伸ばす前に、まずは鮎出汁の方を先にたっぷりと椀に確保しようと、鮎出汁を注ぐための杓子《しゃくし》の行方を目で追い続けた。

遠慮した季蔵は鮎出汁を取る時、味見をしただけで、この鮎素麺合戦には参戦せず、善太が最後の一口をずずっと啜り上げ、勢いよく、椀を口に傾ける様子に満足した。

帰り際に、燻し鮎を豪助たちへ二十尾渡そうとすると、

「親子三人でさんざんいただいたんです。とんでもありません」

「うちはうちで焼くさ。善太に金色の鮎を焼いてやる約束をしてることだしな」

おしんと豪助は固辞した。

――鮎出汁、これは思っていたより、ずっと優れたものだった――

季蔵はやっと、今時分の鮎を使った尽くし料理に自信を得たのである。

何日かして、季蔵はおき玖に、

「ご心配をおかけしましたが、何とかなりそうです」

考えついた鮎尽くしの献立を書いた紙を見せた。

それは以下のようである。

変わり鮎尽くし

口取り　鮎のあめ炊き
椀物　鮎かけ
焼き物　鮎田楽
揚げ物　鮎のさつま揚げ
酢の物　鮎の胡瓜《きゆうり》もみ
飯物　鮎素麺

「鮎のあめ炊きっていうのは、この前の甘辛煮のようにさっと煮るのではなしに、泡が出て煮汁が粘ってくるまで、とろ火で半日くらい煮る佃煮の一種よね。市中に鮎専門の佃煮屋さんがあるくらいだから、間違いなく好まれる。それに、佃煮なら、あたし、おとっつぁんを手伝ったことあるから、ちょっとは自信あるのよ」

燻し鮎は十何尾かずつ三つに分け、そのうちの一つは、おき玖が、時がかかり、日持ちのするあめ炊きを請け負うことになった。

「三つに分けたってことは、あと二品はこの燻し鮎を使うのよね。一品は最後の鮎素麺だってわかってるけど、もう一品は？」

「鮎のさつま揚げです。あと、鮎かけにも少し——」

「わかった。素麺の代わりにご飯を入れて、鮎かけにするのね。だけど、椀物でお米が入ると、すぐにお腹が膨れて、後が入らなくなるんじゃないかしら？」

「そうですね――」

くわしい説明をする代わりに、季蔵は鮎のさつま揚げと鮎かけを作ることにした。

鮎のさつま揚げは燻し鮎の頭とはらわたを除き、みじんに刻んで、すり鉢でよくあたる。白味噌《しろみそ》と少々の小麦粉を加えて、鮎の身とよく馴染《なじ》ませ、小さな団子状に調え、極上の菜種油でからりと揚げる。

「胡麻油《ごまあぶら》を使わないのは、鮎の風味を消さないためね」

「その通りです」

この後、季蔵は鮎かけのために鮎出汁を取った。

「鮎出汁、そんな少しの量でいいの？」

おき玖が不審がっていると、

「只今ぁ――」

三吉が遣いから帰ってきた。

季蔵は燻し鮎ではなく、生の鮎を使った料理のために、続いて、豪助に今時分の鮎を頼んだのだったが、

「鮎と聞いただけで、坊やが金の燻し鮎、思い出してしまったんだって。凄《すご》かったよ、竹の煙。豪助さんとこじゃ、今日はお店も舟も休みにしてた。商売あがったりだなんて、豪助さん言ってたけど、親子で楽しそうだった」

三吉が見てきたことを話した。

季蔵は以前にも増して大きさのある鮎を横目で見ながら、里芋を三吉に剝《む》かせた。

里芋は薄く切って茹でておく。

鮎出汁を温め、ここへ茹でた里芋の薄切りを入れて軽く煮た後、鮎を丸ごと入れ、煮上がったところで、すうっと骨を抜き、鮎の身が崩れない程度に混ぜる。

塩と少々の醬油で調味し、ほんのひと口椀に盛った熱いご飯の上に鮎を載せ、里芋ごと煮汁を注いで仕上げる。

「燻し鮎と生の鮎の両方を使うなんて、なんて贅沢《ぜいたく》‼　ご飯とは食べる時にそっと箸で混ぜるのね」

おき玖は早速、箸を手にして、

「あっさりしてて最高、鮎の身も里芋もご飯もみんな色が白で上品だわ。それに何より、鮎のはらわた、若鮎に負けない香りよ」

「これは熱いうちが花です。冷めると、熱で引き出されたせっかくの風味が消えてしまい、若鮎に勝てなくなりますから」

季蔵は三吉にも勧めた。

「ほんとだ、ほんとだ」

三吉がやたら感心していると、

「邪魔するよ」

しばらく聞かなかった声が油障子を開けた。

「田端《たばた》様と松次《まつじ》親分だわ」

襷《たすき》を掛け直したおき玖は、きびきびと酒と甘酒の支度を始めた。

二

「また、お疲れのようですね」

二人はこの間、河童《かっぱ》絡みの事件で訪れた時にも増して、夏の暑さもあって疲れが色濃く表情に滲《にじ》んでいた。

「河童話の平助《へいすけ》さん、お解き放ちになってよかったですよね。あたし、何日か前、元気に胡瓜の籠《かご》を背負って、売りながら話し歩く平助さんを見かけてうれしかったわ」

おき玖の言葉に、

「おいらもだよ。ああ、これでやっとまた河童話が聴けるんだなって思って、何だか、涙が出そうになった」

三吉まで同調したせいか、

「そりゃあ、結構なことじゃねえか」

松次はむっつりと応え、しくじったと感じたおき玖は、

「お二人とも本当にお役目ご苦労様です」

あわてて、隣りにいた三吉の頭をぐいと前に倒して、深々と頭を下げた。

「米沢屋《よねざわや》のそで吉《きち》さん殺しは調べが進んでいるのでしょうね」

季蔵はそれとなく訊いた。

「よくそんなことが言えるな」

松次は金壺眼《かなつぼまなこ》を三角にした。

「米沢屋の娘、お内儀、主《あるじ》、お連《れん》と調べ歩いたところ、必ず、あんたの名が出たよ。あんたには下手人探しの才があるこたぁ承知だが、出しゃばって、勝手に動かれちゃあ困るよ。それとも、調べに取り憑《つ》かれちまって、本業の料理ほったらかしで、先回りしてるのかい?」

どうやら、松次の不機嫌の原因はこのことにもあるようだった。

「そんなことないよ、季蔵さんはちゃんと店のことを――」

三吉が咄嗟《とっさ》に口走りかけ、

――これはやぶ蛇になる――

「止《や》めろ、三吉」

季蔵は強い言葉で遮ると、

「いえ、そんなことはありません。お奉行様から、傷心の米沢屋さん一家のために、今時分の鮎料理の尽くしを仰せつかり、お好みを伺いに行っただけです」

さらりと続けた。

「まあ、米沢屋ともなれば、お奉行様とも、少なからぬ縁もあろうからな」

初めて、田端が口を挟んだ。

「それで、米沢屋の連中の好みはわかったのかい？」

追及してくる松次の目は三角のままである。

「憔悴《しょうすい》しておられるお美津《みつ》さんとお内儀さんは、食べ物の話をするのもお嫌のようで、旦那《だん な》様、お連さんには、若鮎の塩焼きや天麩羅《てんぷら》以外、お好みではないと言われてしまいました」

「たしかに、鮎といやあ、若鮎の塩焼き、天麩羅で決まりだろうが」

「親分まで同じことを。ですので、今時分の鮎料理のお好みは、どなたからもきけませんでした。二品ばかり、お連さんが山家《やまが》育ちのそで吉さんの好みを覚えていてくれて、これが助けになりましたが」

「そで吉の好きだった、今時分の鮎料理ともなれば、当然、お連があいつのことや自分のことをいろいろ話してもおかしくない」

田端は言い切り、

「そうなのです。どうしても、今はまだ皆さん、そで吉さんの死を忘れることなどできないご様子でしたので、お連さんだけではなく、他の三人とも、そで吉さんに関《かか》わる話になってしまいました。あえて、わたしの方から仕向けたつもりはありません」

季蔵の最後の一言は方便であった。

「まあ、それなら仕様がねえな」

松次の目が和んだ。

「まあ、これなどいかがでしょう」

季蔵は素早く、もう一度、鮎のさつま揚げと鮎かけを拵《こしら》えて、田端と松次の前に皿と椀を置いた。

「ほう、旦那にもかい？」

松次は目を丸くした。

「御酒だけで、滅多に肴《さかな》を召し上がらない田端様でも、これなら召し上がっていただけるかと――」

季蔵の言葉に釣られて、まずは椀を手にした田端は、

「ん」

疲れていた目を生き返らせ、

「これは鮎だな」

「ほんとに今時分の鮎なのかい？」

松次は首をかしげながら鮎のさつま揚げにも箸を伸ばした。

「こりゃ、いける。俺も酒が飲めたらなあ――」

ぐいと松次が甘酒を飲み干したので、おき玖はここぞとばかりに、お代わりを差し出した。

松次に倣《なら》った田端も、

「ん」

一口含んで、目をほっこりさせた。

田端の肴食いを予期していなかった、おき玖はあわてて、空になった湯呑《ゆの》みを冷や酒で満たした。

こうして、瞬く間に鮎かけとさつま揚げは平らげられた。

「実をいうと、頭の痛てえのは、誰が下手人でもおかしくねえ米沢屋の一件だけじゃねえんだよ」

松次の機嫌が上向いてきた。

「何か起きているのでしょうか？」

季蔵はさりげなく話を促した。

「このところ、どうってことのねえ空き巣狙《ねら》いと墓荒しが一緒に起きてるんだよ。空き巣の方が盗むのは決まって朝顔なのさ」

「盗まれる朝顔はどんなものなのですか？」

「朝顔市なんぞで売ってる鉢植えに決まってるよ。垣根に這《は》わせてる朝顔は盗めねえだろう？」

松次は何を馬鹿なことを訊くのかという顔つきになって、

「はじめのうちは、たかだか朝顔ってことで、届けてくる向きは少なかったんだが、このところはどっと増えた」

「去年、特等になった新種の朝顔が咲き始めたのでは？」

市中には園芸好きが多く、特に朝顔はあれこれと掛け合わせて、新種を作る試みやその品評会等も盛んに行われている。

特等新種に選ばれた朝顔は翌年、たいそうな人気であった。

「その通りさ。去年の新種は遅咲きで、牡丹《ぼたん》の花姿に似てるんだが、こいつがやっと咲いたんで、買い損ねた朝顔好きが、やっきになって、盗み廻《まわ》ってるんじゃねえかって話になってる」

「しかし、それなら、一鉢盗めばいいはずでしょう？」

「いや、去年の特等新種の花の色は白、赤、紫の三種類だそうだ」

「だったら、色違いを三鉢盗めばすみます」

「目的は種を取って、来年また咲かすことだろう？　新種はなかなか種が出来にくいって聞いたぜ。それなもんだから、やみくもに盗み続けてるってわけだろう。ああ、言い忘れた。盗っ人《ぬすと》は朝顔好きとは限らず、入谷《いりや》か深川あたりの植木屋かもしんねえ。市でよく売れる朝顔はいい商売になるだろうから」

「盗まれた朝顔は去年の新種だけですか？　先に盗まれていて、届けの少なかった方は？」

「先のはごくありきたりの漏斗《じょうご》の形をした、紫や青の朝顔だよ」

「そうなると、先の朝顔泥棒は朝顔好きや植木屋さんの仕業ではありません」

そこで季蔵は言葉を切って田端の方を見た。

「たかが朝顔だ。本来は盗まれるほどのものではない。だから、先のと今のが別の盗っ人の仕業とは思いがたい。朝顔盗っ人は、新種の牡丹咲きが目当てではないということになる」

　田端はきっぱりと言った。

「またしても、袋小路《ふくろこうじ》に入っちまったな」

　松次は泣くような声を出した。

「墓荒しの方はいかがなのでしょう？」

　季蔵は話を前に進めた。

「墓荒しは墓掘り人に多いもんだ。弔いの出た家が金持ちなら、棺桶《かんおけ》に相応の埋葬品が添えられると知ってるんだから。とっくの昔にお縄になっててていいはずなんだが――」

　松次は頭を抱えて、

「お上は常から、墓掘り人の元締めは押さえてある。それで元締めも力を貸してくれて、調べの限りを尽くしたんだが、盗っ人の墓掘り人は見つからなかった。墓掘り人たちは、互いに見張り合うようにしていて、分不相応に、派手な振る舞いや遊びをしている者がいたら、元締めの耳に入るようになってるんだとさ」

「墓の掘り起こしは、墓掘り人に限らず、力のある男なら、誰でも容易ですね」

　季蔵のこの言葉に、

「墓荒しは大店《おおだな》の墓だけを狙って掘り起こしている」

田端が大きく頷いた。

「力のある男の人の仕業ってことになると、これは、もう、雲を摑《つか》むような話じゃ――」

またしても三吉の口がすべって、

「大丈夫。旦那や親分方のお力で、罰当たりの墓荒しがそのうち、きっと、お縄になるって、あたしは信じて疑ってないわ。どうか、よろしくお願いいたします」

おき玖は今度はあわてずに、にっこりと微笑《ほほえ》んで頭を垂れた。

三

また、何日か過ぎて南茅場《かやば》町のお涼《りよう》が訪ねてきた。若い頃、芸者だったお涼は長唄《ながうた》の師匠で身を立てながら、やもめの烏谷を支えている。その縁で、今では、季蔵の許嫁《いいなずけ》であった心を病む瑠璃《るり》の世話を引き受けてくれていた。

「お涼さんがおいでになると、さーっと涼風が立つようだわ」

手土産の水羊羹《みずようかん》を受け取りながら、おき玖は世辞ではない褒め言葉を口にした。

粋筋の水で洗われてきただけあって、お涼の着物の着こなしはすっきりと美しく、細身でやや長めの首、叡智《えいち》を感じさせる端正な顔立ちと相俟って、まさに、小股《こまた》の切れ上がった女そのものであった。

「実は少し前に届けてもらった、素麺用の鮎出汁、旦那様とあたしはとても美味しく、競うように素麺を食べて、素麺を茹で足したほどだったんですよ。でも、瑠璃さんは一本、二本で――」

「鮎素麺は気に入らなかったのですね」

　正直、季蔵はがっかりした。

　あっさりしているこの一品なら、毎年、夏になると、衰える瑠璃の食も進むのではないかと期待していたのである。

「添えてあった文に、〝素麺用の鮎出汁で、里芋の薄切りを煮て、生の鮎を煮て骨を外し、ほんの少し盛りつけたご飯の上にのせて鮎かけにしてもいい〟と書かれていたでしょ。それも試してみたんですけど、大喜びしたのはあたしたちだけで、瑠璃さんは――」

「鮎素麺同様だったと――」

「そうなの」

　お涼は申し訳なさそうに俯《うつむ》いた。

「あたしの勧め方が悪かったのかもしれないけど――」

「もしかして、このところ、瑠璃はそんな調子なのでは？」

「ええ、実はそうなんです。去年よりも夏負けが酷《ひど》いようで、食は細くなるばかり――」

　お涼は俯けた顔をさらに深く伏せて、

「季蔵さんに申しわけが立たなくて」

「何かあったんですか？」

「瑠璃さん、花や生き物が好きでしょ。お酒好きのシロの来るのを楽しみにしてるだけじゃなく、庭で蛙《かえる》や虫なんかを見てるのも好きなのよ。蟻《あり》や蜂《はち》って、たいてい刺すでしょう？　でも、瑠璃さんが手の甲の上に載せても刺さないのよ。空が晴れてて、庭の生き物たちとよく遊んだ日は、瑠璃さん、食がわりに進むってわかって、あたし、ついつい、要らぬことしてしまったのよ」

お涼は両手を両頰に当ててしばらく黙っていた。

季蔵とおき玖は目を見合わせて、次の言葉を待つほかなかった。

「瑠璃さんのためと思って、金魚をもとめたんです」

「瑠璃は金魚が大好きなはずです」

——幼い頃、担いでいる大きな盥の中で、赤や赤白斑の金魚がゆらゆら揺れている、金魚売りと行き合った時、瑠璃は熱心に見ていた。気づいたわたしは、〝いつか、あの金魚売りの大きな盥ごと、買ってやるからな〟なんて、大ボラを吹いたことがあった。そのうちに忘れてしまったが、瑠璃はずっと金魚が好きなはずだ——

「さぞかし、瑠璃さん喜んだでしょう」

おき玖は金魚買いがどうして要らぬことなのかと、首をかしげつつ洩《も》らした。

「夢中で見てましたよ。あたしさえ、あんなことをしなければ——」

再び二人は当惑気味に目を見合わせた。

「縁側の軒下にギヤマンの金魚鉢をつり下げたせいで、その金魚はたった三日で死んでしまったのよ」

「この暑さですから」

季蔵の言葉に、

「あたしが悪いんです。置屋では、金魚が軒下に風鈴と隣り合わせの金魚鉢に入って吊るされていたから、金魚はそのように飼うものだとばかり思い込んでいて――。旦那様に、〝あれは、金魚を活け花のように見なして、萎《しお》れてきた花を捨て、新しいのと換えるように、暑い日に茹だって死んだ金魚を取り替えているんだぞ、知らなかったのか？〟ときつく叱《しか》られました。芸者は芸のある綺麗《きれい》な花であればいいとされ、知らなくていいことは知らせない方がいいとされていたので、今の今まで金魚の運命《さだめ》を知らずにいたのよね。暑さにもだえ苦しむ短い命とも知らずに、可愛らしい、涼しげだと金魚を愛《め》でていたんですね」

お涼はがっくりと肩を落とした。

――お涼さんが今まで見せたことのない、失意の様子はこれが理由だったのだな――

「瑠璃は昔から生き物の命を尊んでいました。幼い頃、見つけたおたまじゃくしを小さな鉢の中で飼い続けましたが、蛙になる前に死んでしまいました。この時も瑠璃の嘆きようは大変なものでしたが、やがて、いつもの元気な瑠璃に戻りました。大丈夫ですよ、お涼さん」

「そうだといいのだけれど。金魚を庭に埋めて、小石を墓石代わりにしたところ、縁側にも座らなくなってしまって――」

――それはよくなかったかもしれない――

瑠璃の心が病み始めたのは、雪見舟の中で繰り広げられた、鷲尾《わしお》父子の死闘に遭遇した時からではないと季蔵は思っている。

瑠璃に横恋慕した主家の嫡男の奸計《かんけい》に、許婚の季蔵が嵌められ、自害を余儀なくされたところを、瑠璃の父で家老の酒井三郎右衛門《さかいさぶろうえもん》が身代わりとなり、果てた。

この後、瑠璃は父の死を悲しむ間もなく、酒井家存続のために、嫡男の側室にならねばならなかった。

――瑠璃は遠い日に起きた、おたまじゃくしの死は乗り越えていたとしても、わたしの身代わりになった父上の死とは、まだ向かい合ってさえいないはずだ。命を捨てる覚悟が出来ず、出奔して自分を捨てたわたしへの恨みについても――

季蔵はふと、瑠璃は父酒井三郎右衛門の墓に詣《もう》でたのは葬儀の時だけで、以後の供養はしてはいないのではないかと思った。

――父上のあのような死に方と、無残な自分の身の上の有り様を認めるのが辛すぎて、側室になるしかないとわかった時から、瑠璃の心は、少しずつ、見たくないことは見ようとしなくなり、わたしの姿を見たあの雪見舟の中で、とうとう、何も見えなくなったのではないだろうか。嫡男の愚行を止めなかった当時の鷲尾家当主影親《かげちか》様も含めて、瑠璃の父上の死の元凶となった者たちが、あの舟には揃ってしまっていた――

この時、季蔵は初めて、瑠璃に恨まれてみたいと思った。

──心にわたしへの恨みが宿れば、瑠璃はきっと正気に戻る──

「だから季蔵さんに来て欲しいんです。季蔵さんが今すぐ、瑠璃さんに会ってくだされば──。そうしてくれないと、あたし、もう、心配で、心配で──お願いです」

お涼の懇願に、

「そうだわ、それが一番よ、季蔵さん」

おき玖にも勧められて、季蔵は絽《ろ》で出来た白地に笹《ささ》の絵柄の着物姿のお涼と一緒に南茅場町へと向かった。

──わたしなどで瑠璃を癒《いや》すことができるものだろうか？──

「わたしたちについて、おおよそのことは、お奉行様からお聞き及びとは思いますが──」

途中、季蔵は知らずと先ほど胸中に宿った想《おも》いを、口にしていた。

「それは違いますよ、季蔵さん」

お涼は立ち止まり、

「瑠璃さんがお父上の死を受け止めかねているとしても、そうなったのは、季蔵さんのせいだなんて思ったことなんてありゃしませんよ。御嫡男の目に止まったりしなければってい う、不運を嘆く気持ちはあったとしても──。女ってね、不思議なもので、親兄弟への想いと愛《いと》しい男への想いは、別の引き出しに入ってるものなのよ。そして、親兄弟には申しわけないけど、何か大事があった時、いの一番に開けて持って逃げるのは、愛しい男への想いが詰まった引き出しなんですよ」

諭すような口調で言った。

「今でも瑠璃はわたしのことを一番に想ってくれていると？」

「当然ですよ」

お涼は微笑み、

「あたし、金魚では失敗したけれど、男と女のことに関しては大丈夫のつもりよ」

胸を叩《たた》いて見せた。

四

お涼の家の前を真桑瓜《まくわうり》を前後のざるにのせた棒手振《ぼてふ》りが通りすぎようとしている。

「まくわー、まくわー、うり――、うりぃぃ――」

真桑瓜を瑠璃が好きだったかどうかは聞きそびれていたが、いつだったか、夏に酒井家に招かれて将棋を指した折、

「父上のお好きな真桑瓜です」

瑠璃が茶と一緒に時季の水菓子を振る舞ってくれた。

驚いたことに、菱形《ひしがた》の小鉢に盛りつけられていた真桑瓜は剝いて種を除き、切り分けたものではなかった。

真桑瓜のすりおろしの上から、甘口の冷や酒少々と砂糖が加えられた汁がたっぷりとか

けられていた。

「妻が実家《さと》で覚えてきた水菓子でな。この時季には必ず拵えてもらうのだ」

酒井三郎右衛門は、照れ臭そうに説明してくれたことを思い出した。

季蔵が棒手振りを呼び止めると、

「旦那、こりゃあ、鳴子《なるこ》もんだ。黄金色に熟してて緑色の筋があるからわかるだろ？　だから、とびっきり、甘いよ、折り紙付きだ」

相手は胸を張った。

季蔵が二つほどもとめると、

「瑠璃さん、きっと喜びますよ」

お涼は微笑んだ。

食が衰えて、元気が失せると瑠璃は終日、二階の自分の部屋で蒲団《ふとん》の上に横になっていることが多い。

「夏場は昼間、奥の部屋に移っていただいています。冬はよく陽《ひ》が入って暖かい二階も、夏は暑くて暑気当たりが心配なので」

季蔵は二階へは上らず、奥の部屋の障子を開けた。

手伝いのお喜美《きみ》婆が、団扇を休みなく動かして、すやすやと眠っている瑠璃に風を送り続けている。

――よかった、今日は眠っている瑠璃の顔に苦悶《くもん》の色が見えない――

瑠璃は繰り返し、悪夢を見るようで、時に眠りながら涙を流していることがあった。眠っている瑠璃がふわりと笑った。

――たぶん、いい夢を見ているのだ。死んだ金魚が父上につながることなく、夢の中で一緒に戯れでもしているのだろう――

「今、起こしては気の毒なので、瑠璃が目を覚ました時、食べてくれそうなものを作らせていただきます」

季蔵は厨《くりや》を借りることにした。

――酒井家で食べた真桑瓜の甘汁かけなら、かけ汁の味を思い出して、すぐに作れるが――

女が一番大事にしているのは、愛しい相手への想いを詰めた引き出しだという、お涼の言葉が頭をよぎった。

――だとしたら、やはり、酒井様の思い出につながるものは止めておこう――

一人の男として最愛の女に捧げる一品を、今ここで、作ってみせようと季蔵は意気込んだ。

――瑠璃が真桑瓜を好きかどうかはわからないが、好きでなくとも、食べて好きになってくれるものでなくては――

季蔵は厨の棚に寒天の束を見つけた。

心太《ところてん》好きの烏谷のために、いつでも作れるよう、お涼が買い置きしてあったのである。

――そうだ、これを使おう――

熟れて濃い香りの漂う真桑瓜の皮を剝き、種を除いて、みじんに切った後、すり鉢でどろりとするまで擂《す》り潰《つぶ》した。

寒天は水でふやかしておく。

鍋に水と千切った寒天を入れて煮溶かし、三度ほど漉《こ》してから砂糖を加えて混ぜる。

これが人肌程度に冷めたところで、どろりとした真桑瓜と混ぜ合わせて、長四角の流し缶に注ぐ。

後は盥を手にして、井戸端と厨の往復である。素麵や鮎出汁ならば、そこそこ心地よく冷たくなればそれでいいのだが、これに限っては、固まるまで続けなければならない。

やっと出来上がった真桑瓜の水菓子は、流し缶から取り出して、切り分けてみると、鶸《ひわ》萌黄《もえぎ》色の寒天と真桑瓜の果肉部分が二層になっていた。

――やった‼　真桑瓜かんができた――

予期していなかった涼しげな美しさである。

「真桑瓜を使ったこんな上品なもの、はじめて見たけど――」

様子を見に来たお涼は、汗みずくになった季蔵の顔を見て、井戸水で絞った手拭《てぬぐ》いを渡してくれた。

目を覚ました瑠璃は、二層の色の違いに目を凝らすと、

「綺麗」

にっこりと笑って、菓子楊枝《ようじ》を手にした。

この日、瑠璃は季蔵の方を一度も見ようとはしなかったが、真桑瓜かんだけは三切れも笑顔で食べ終えた。

「もう、大丈夫。これがきっかけで、瑠璃さんの食、何とか元に戻ると思う。さすが季蔵さんね。ありがとう」

——瑠璃の笑顔を見ることができて、こんなにうれしいことはない。そうだ、この真桑瓜かんは瑠璃の水菓子と名付けよう——

「とんでもありません。これからも瑠璃をよろしくお願いします」

そう言って、季蔵がそろそろ辞そうと、腰を上げたところに、

「お師匠さん」

お喜美婆が青い顔をして、廊下から手招きした。

「ちょっと話が」

「何？」

「でも」

「いいのよ、この方は——」

「けど、やっぱり」

心得ているのか、お喜美婆は瑠璃の方を見た。

「それじゃ——」

廊下に出たお涼の後に季蔵も続いた。

すでに、瑠璃は幸せな眠りに入っている。

「見て欲しいものがあるんです」

婆は玄関に立って、左横を指差した。

「あらっ」

お涼は驚き、

「楽しみに待ってて、やっと咲いた朝顔の鉢がない!! 去年、特等を取った変化朝顔なのよ。買うのだって、伝手《つて》を辿《たど》って大変だったのに。何より、変化朝顔好きの瑠璃さんが毎朝、ながめるのを楽しみにしてて――」

眉《まゆ》を上げて、

「瑠璃さんが起き上がれない日は、鉢を持って、部屋まで見せに行っていたほどだったんですよ」

婆と共に狼狽《うろた》えた。

「市中では朝顔の鉢が始終、盗まれてるって聞いてます。とうとう、ここまで、朝顔泥棒に狙われるなんて。女所帯だってことに付け込まれたに違いないですよ。くわばら、くわばら――」

婆の声が上ずり、季蔵の心も青ざめたが、

――今は朝顔泥棒の話を続けない方がいい――

「色は何色でしたか？」

「紫ですよ」

季蔵の問いに婆が応えた。

「今から入谷に行って、似た朝顔をもとめてきます」

「そうは言っても、季蔵さん、見つけるのはなかなか大変よ」

お涼は案じたが、

「わかっています。でも、何とか――」

そう言い残して、季蔵はお涼の家を出ようとして、玄関先にくっきりと付いている下駄の歯の跡に気がついた。

大きな歯の跡である。

――これはよほど大きな足の持ち主だ――

念のため、巨漢である烏谷の足の大きさをお涼に確かめたかったが、

――ここで盗っ人の詮議《せんぎ》めいたことをして、これ以上怖がらせてはいけない――

言い出せずにいると、

「旦那様の足は十文半（約二五センチ）で、あのお身体《からだ》にしては小さくて、〝いいか、もとより馬鹿の大足でもないが、くれぐれも間抜けの小足ではないぞ〟と、冗談めかしておっしゃって」

お涼が教えてくれた。

「お喜美さんには、瑠璃さんの様子を見に行ってもらいました」

そう続けたお涼の視線もまた、季蔵と同じ下駄の跡にぴたりと吸い寄せられている。すでにお涼は常の平静を取り戻していた。

「それに、旦那様は夏でも下駄は履かれません」

「よくわかりました。代わりの朝顔は明日の朝までに届けます」

季蔵はお涼の家を出た。

五

季蔵の足は入谷には向かっていない。

続いている大きな下駄の歯の跡を追って、日本橋川に続く草地に出た。

草地の前で足跡は途切れていた。

丈の高い夏草が生い茂って土を隠している。

——足跡はここまでか——

夏草が風に揺れた。

ほんの一瞬、斜めにかしいだ夏草の間から、ちらりと紫色が見えた。

——もしかして——

季蔵は見えた紫色目指して草地を分け進んだ。

朝顔の鉢が転がっていた。朝顔は竹の行灯《あんどん》仕立てに蔓《つる》を絡ませたまま、鉢から放《ほう》り出されている。

鉢の中の土は捨てられて空だった。

――盗っ人の目的は鉢の中だったのだ。いったい、何を見つけようとしていたのだろう?――

季蔵は行灯仕立ての朝顔と鉢を拾った。行灯仕立ての竹は放り出された弾みで、折れたり、曲がったりしている。

――よかった――

幸い朝顔の根も蔓も切れてはいなかった。

――まずは鉢に戻してやらなければ――

季蔵はとりあえず、鉢にかき集めた土を入れ行灯仕立ての朝顔を戻した。

――行灯仕立ての折れ曲がった竹は後で直すとしよう――

店に持ち帰り、萎れかけている葉を案じる様子で、恐る恐る水をやっていると、

「大丈夫よ、朝顔は強いから。それにしても、行灯が壊れちゃって。いったい、それ、どうしたの?」

おき玖の問いに、季蔵が事情を話すと、

「大変だったのね。いやあねえ、お涼さんのところの朝顔まで盗まれるなんて。季蔵さん、瑠璃さんのことがまた余計心配になるでしょ。いいわ、その直し、あたしがやってあげる。

せめてもの泥棒見舞い。こう見えても、あたしとおとっつぁん、一時、朝顔に凝ったことがあるんで、そんなの、お茶の子よ」

請け負ってくれた。

翌早朝、季蔵はまだ暗いうちに、おき玖が丁寧に直してくれた、朝顔の行灯仕立てを手にしてお涼の家へと向かった。

着いた時にちょうど空が白みはじめて、

――間に合った――

季蔵はそっと玄関に朝顔の鉢を置き、文を添えた。


代わりのものではなく、運良く盗まれた朝顔を見つけることができました。今日も瑠璃に見せてやってください。

季蔵

その場を立ち去ろうとした時、咲いたばかりの牡丹を想わせる、華麗な紫色の花が目に入った。

――瑠璃の心もいつの日か、このように開いてくれれば――

変化朝顔の花姿が瑠璃に重なって、縁起を担いだ季蔵は、近くで朝顔市が立つことから、朝顔稲荷《いなり》とも呼ばれる、権現稲荷に立ち寄ることにした。

権現稲荷の赤い鳥居が見えてきた時、行く先の辻《つじ》の右手から見覚えのある大男が出てきて、そのまま季蔵に背を向けて歩きだした。

──あの時の──

お連の家まで米沢屋を追いかけてきた願人坊主であった。

季蔵は足音を立てないようにして、相手との距離を縮めた。

相手の歩いた下駄の後に目を遣《や》った。

──これは──

お涼の家の玄関先から日本橋川に続く草地の前まで続いていた、人並み外れて大きな足跡に間違いなかった。

──朝顔盗っ人‼──

季蔵が走り出そうとした時、先を歩いていた願人坊主が権現稲荷の前で足を止めた。

明け六ツ（午前六時頃）の鐘が鳴った。

「約束の刻限だ」

独りごちて稲荷の中へと入って行く。

──落ち合おうとしている相手は仲間か？──

季蔵は咄嗟に積み上げられた天水桶《てんすいおけ》の陰に身を隠した。

朝顔盗っ人の願人坊主が待っていた相手は、季蔵が歩いてきたのと反対の方角から向かってきた。

相手には覚られず、正面から顔が見えた。

——五平《ごへい》さん‼——

季蔵は驚きの余り、思わず胸を押さえた。

無表情の五平はためらう様子もなく鳥居を潜った。

——まさか、五平さんがこんな奴とつきあいがあるとは思えない。こんな早朝に、たった一人で、こんなところまで散歩に出たのだろうか？——

五平は名だたる廻船《かいせん》問屋長崎屋《ながさきや》の主である。

噺家《はなしか》を志し、そのせいで父親に勘当されたものの、二つ目まで上り詰めたという根っからの噺好きである。

父親の不慮の死を契機に噺家を廃業し、長崎屋の跡を継ぎ、商いも広げて、今では押しも押されもせぬ主ぶりであった。

塩梅屋《あんばいや》には二つ目になった時に立ち寄り、得意の〝酢豆腐〟を披露して以来の縁である。ちなみに〝酢豆腐〟は、腐った豆腐は酸っぱいということも知らない、通人気取りの馬鹿若旦那を揶揄《やゆ》した噺で、これを得意とする五平は、実はたいした食通であった。

季蔵はこの五平が不定期に開いている、道楽の噺の会に料理を頼まれることもあった。

——あんな能面のような顔の五平さんは見たことがない——

噺家になりたかっただけあって、喜怒哀楽を表情に出さずにはいられないのが五平であった。よく笑い、怒る時は眉がぐいぐい上がり、涙脆《もろ》いだけではなく声に出して泣くこともある――。

四半刻《しはんとき》（約三十分）ほど過ぎて、先に願人坊主が鳥居を潜って外に出てきた。

小判を三枚、懐から出し入れして、凄みのある顔で、にやりにやりと笑いながら、季蔵
の潜む天水桶の前を通り過ぎていった。

すぐ後に出てきた五平は、来た道を急ぎ足で戻って行く。

――こんな厳しい背中を見せる人だったろうか？――

季蔵はその背中を追いかけた。

「五平さん」

声を掛けた。

「これは季蔵さん」

瞬時だったが、五平の目が潤んだ。

「こんなところでどうされたのです？」

「いやね、たまには早朝の稲荷詣《もうで》もいいもんだと思ってね」

五平は笑い皺《じわ》を額に作った。

「先に出てきたあんな奴と一緒にですか？」

季蔵は自分が今、ここに居合わせた理由《わけ》を話した。

「なるほど、いわく付きの朝顔盗っ人か――」

呟いた五平は、

「たしかに彦一《ひこいち》の奴ならやりかねないだろうな」

真顔になって、

「ただし、言っとくが、わたしは寸分も盗みなんぞにゃ、関わっちゃいないよ」

眉と目尻の両方を上げた。

「ならば、なぜ、奴に金子《きんす》を渡したりしたのですか？」

季蔵は率直に訊いた。

「口止め料だ」

五平はさらりと言ってのけた。

「口止めしなければならないようなことが、五平さんにあるとは思えません」

季蔵は言い切った。

「ありがとう、わたしもそう思う」

五平の目がまた一瞬潤んだ。

「理由を聞かせてください」

「今年の夏は江戸以上に西国は暑く、各地が疫病に襲われている。うちでは積み荷のうち食物に限って一つ残らず、江戸に着く前に海中に投げ捨てた。だから、たとえ市中で立て続いて食中《あ》たりが出ても、うちのせいなどでは決してない。だが、投げ捨てるのを見ていなかったと言われればそれまでだ。彦一はそのように言い、この手の悪い噂《うわさ》が流れれば、いずれ命取りになるだろうとわたしを脅した。噂ほど怖いものはないのが商いだ。わたしは彦一に逆らえなかった。それに、うちが転べば喜ぶ同業者もいる。それもまた競争だ。死んだ親父《おやじ》は御定法ぎりぎりに、どんな手を使っても、勝ち残るのが商いだと言っていた」

「もしや、同業者が彦一を焚《た》きつけていると？」

「彦一は西国で買い付ける商品や疫病の話をくわしく知っていた。この手の話に通じているのは同業者をおいて他にはない。願人坊主はよろず請け負い人だ。どんなところにでも出入りできる。おおかた、何かで、同業者と縁を持ち、悪意のある戯《ざ》れ言《ごと》を耳にしたのだと思う」

「あなたが強請《ゆすり》に応じなければ、怒った彦一はいい加減なでっち上げ話を、そこら中に垂れ流してしまい、同業者の思う壺に嵌るというわけですね。そいつは、わざと彦一に聞かせたのでしょう」

「人の悪意も悪い噂と同じくらい怖い。親父の言う通り、どちらも商いには付きものだが、たとえやられても、わたしには仕掛け返す気はない。こればかりは性分だ。せいぜい、さっきのように守るだけが精一杯なのだが、近頃はつくづく、商いの闇《やみ》は酷いものだと思う」

五平は疲れた様子でふーっとため息をついた。

六

季蔵がどう励ましたものかと思案していると、

「季蔵さん、ついついあんたが相手だと愚痴っぽくなっていけないよ。浮き世は憂いの世、憂き世だって言って嘆いてたのは、たしか、昔、昔の万葉歌人、山上憶良《やまのうえのおくら》だったね。今も変わらず、人は寄席《よせ》に集まって噺を聴いては、泣いたり笑ったりして憂さ晴らしをする。それほど、みんな、身すぎ世すぎをしなきゃならない憂き世は辛いってことだ。辛いのはわたしだけじゃないんだから、甘えちゃいられない」

五平はきっと唇を嚙みしめた。

「いかがです？　涼風が立つようになったら、しばらくぶりで、五平さんの噺にわたしの料理で、ささやかな花を添えさせていただけませんか？」

「いいねえ」

五平の目が輝いて、

「お願いする。何ってったって噺はいい」

深々と頷いた。

「ところで、五平さんはおちずさんたちに何と言って、こんなに早く家を出てきたのですか？」

季蔵は気にかかっている。

——稲荷詣をするなら、長崎屋の近くに、五平さんが総代になっている小網《こあみ》稲荷だってあるから、まるで、言い訳にはならない——

「うん、実は今、そいつを思案してたんだよ。知っての通り、女房のおちずときたら、やたら気を揉む性質《たち》だからね。口には出すまいが、またぞろ、あれこれ思い悩まれては困る」

五平の女房のちずは、元は娘義太夫《むすめぎだゆう》の芸人で、巧みな語り口と可憐《かれん》な容姿で市中の人気を集めていた。

恋い焦がれ、五平はやっとの思いで口説き落としたのだったが、跡継ぎの五太郎《ごたろう》が出来た今も、おちずは昔と変わらず若々しく華やいでいる反面、さまざまな人の心を察して話す、語り部には欠かせない繊細な心を持て余している感があった。

大店のお内儀の上、跡継ぎまで産んだのだから、でんと構えていればいいところを、奉公人たちにまで気を遣い、些細《ささい》な出来事を、笑ってやり過ごすこともできず、くよくよ心を沈ませるのである。

「一番案じているのはこれだよ」

五平は小指を立てて見せた。

「行き先を告げずに出てきたのは、今日がはじめてなんだ」

「常から朝の散歩は？」

「しない」

「それではまずいですね」

――本当のことを話したら、おちずさんの心配症に火が点いてしまう――

「何と言い逃れしたものか――」

するると、向こうから、

「きゅうりぃ、きゅうりぃぃ、とれたてぇ、とれたてぇぇ」

胡瓜の入った籠を背負った平助が歩いてきた。

「おはよう、季蔵さん」

向こうから立ち止まった。

「おはようございます、早いですね」

「このところ、胡瓜ができすぎてるんで、朝から売り歩いてるのさ。後になったが、あの時は案じてくれてありがとう。うれしかったよ」

平助は顔を綻《ほころ》ばせて、

「この暑さだ。あの日、あんたが水をやってくれたおかげで、うちの胡瓜も助かったんだし――」

籠を下ろすと、

「これ、お礼だ。忘れてててすまねえ」

胡瓜を五本差し出した。

「よろしいのですか？」

「曲がってるやつで悪いな。朝売りには河童話をつけねえもんだから」

にこにこ笑いながら、籠を背負い直して、平助は去って行った。

「あの男の河童話は面白く、胡瓜は美味《うま》いそうですね」

五平が呟いた。

「そちらに呼び入れたことがあるのですね」

「わたしは忙しくて留守にしていたんだが、奉公人たちから噂を聞いた五太郎が、どうしてもと、おちずにせがむので胡瓜を買って、河童話をしてもらったそうだ。五太郎がもう一度、もう一度と繰り返したそうだ。よほど面白かったのだろう。おかげで、ここのところ、胡瓜ばかり膳《ぜん》にのぼる」

五平は自分も聞きたそうで、

「河童を噺のネタにしてみたくなったよ、さっきの案じるだの、おかげだの、お礼だのとはいったい何だい？」

噺家だった頃の興味津々の表情になった。

「これも憂き世の常と言える話ですが、仕舞いが酷くなかったのが救いでした」

季蔵は平助の身に起きた話を手短に伝えた。

「河童絵一つで殺しの下手人に？　それはまた、今度こそ、河童様の罰が当たりそうな理不尽な話じゃないか？」

五平は憤慨したものの、

「いいね、いいね。ますます、噺に仕立てたくなったよ」

すっかり、憂さの晴れた様子で、

「となったら、季蔵さん、今すぐ、わたしにつきあってもらいますよ」

道を曲がって別れようとする季蔵の片袖を捉《とら》えた。

「河童の好む食べ物といえば、胡瓜と相場が決まっています。一つ、その胡瓜で河童料理をご披露ください。店の者はもちろん、おちずも五太郎も朝餉《あさげ》はまだのはずです。どうか、河童の胡瓜料理が膳に載る、とびっきりの朝餉をお願いします」

——たしかに、今の五平さんを励ますのは、それが何よりかもしれない——

「わかりました。実はわたしも朝餉がまだなので——」

季蔵は微笑んだ。

「そりゃあいい、拵えた朝餉を一緒に食べてください」

そんなわけで、季蔵は五平と共に長崎屋に行くことにした。


「まあ、季蔵さん、おはようございます、そしてお久しぶりです」

おちずは黒目がちの大きな目を瞠《みは》り、

「どこへ行くとも告げずに朝早くお出かけなので、どうしたのかと、お内儀さんはたいそう案じておいででした。困りますよ、行き先はお教えいただかないと」

居合わせていた大番頭が五平に苦情めかして告げた。

——大番頭さんは行き先や事情を知ってるはずだ——

「まあ、たまには、ぶらぶらと——」

言いかけて言葉に詰まった五平は、季蔵を見て助けをもとめた。

「河童話と一緒に胡瓜を売る平助さんを御存じでしょう？　あの男の庭の胡瓜をもぎたてで食べてみたいと思いつき、本所の家まで行ったのです。すると、一足先にそこに五平さんがおいででした」

季蔵は五平に目配せした。

「おまえたちがあんまり、面白い、美味しいというから、一度、平助さんとやらと話してみたかったんだよ」

五平は巧みに話を合わせた。

「まあ、呆《あき》れた。どうせ、噺のネタ探しなんでしょう？」

おちずはほっと和《なご》んだ表情になって、

「それでどうでした？　河童話？」

生真面目《きまじめ》にも、元娘義太夫ならではの詮索《せんさく》をした。

「わたしが着いた時、平助さんはすでに胡瓜の朝売りに出かけてしまった後だった。胡瓜は欲しいが、盗っ人にはなりたくないと気を揉《も》んでいると、季蔵さんがやってきて、平助さんが朝売りをして廻る場所は、およそ、見当がついていると話してくれたんで、一緒に追いかけて、朝から大人気の河童胡瓜をやっと買うことができたんだ」

季蔵に向けた五平の目は、

――ああ、やっとこれで辻褄《つじつま》が合った――

深く安堵《あんど》していた。

「平助さんのところで、ばったり会い、追いかけて買った胡瓜には、縁があるということになりました。売って貰えた胡瓜は五本、二人で分けると二本半で、うまくわけられません。それで、わたしが胡瓜を使った朝餉を、こちらで拵えさせていただくことになったのです。朝早くからお邪魔して申しわけございません」

「事情はよくわかりました。それでは厨の方へご案内いたします」

おちずは先に立って廊下を歩いた。

「ほう、鮎ですか？」

厨には朝一で魚屋が届けてきたという鮎が二十尾ほど、目笊《めざる》の上に載っていた。大ぶりで鱗《うろこ》に触るとややざらついていて、順調に成長してきた今時分の鮎である。

「旦那様の好物なんで、手に入った時は必ず届けてもらっています。塩焼きや天麩羅にして出すと、若鮎には敵わないがまあ、美味いと言いながら食べてくれています。ただ、五太郎は若鮎であろうとなかろうと、鮎の届いた日の夕餉が嫌いで――」

「五太郎ちゃんは鮎嫌いですか？」

「あっさりした白い身だけをむしって食べさせています。苦いはらわたはどうしても嫌だと食べないのですが、鮎は身の少ない魚なので、はらわたが食べられないと、食べるところが僅《わず》かしかなく不満なのでしょう。今夜も五太郎は、夕餉を楽しめないのかと思うと可《か》哀想《わいそう》で――」

おちずの声が湿った。

「こちらでは、鮎の料理は塩焼きか、天麩羅だけで？」

「賄い人もわたしも他に思いつかなくて――」

――そうだ――

「贅沢な話ですが、その鮎、半量ほどを朝餉用にいただけませんか？」

季蔵はおちずに頼み込んだ。

七

季蔵は先に鮎の胡瓜もみを拵えることにした。

胡瓜は透き通るように薄く小口に切り揃えて、少々の塩でしんなりさせておく。

五尾ほどの鮎のはらわたを取り除いて竹串に刺し、七輪に渡した丸網で素焼きにする。

冷めたところを、串から外して手でさばき、これを砂糖でやや甘めに調味した酢と一緒に胡瓜に混ぜて仕上げる。

「まずは酢の物です。夏の朝の酢の物は格別のはずです。どうか、これで、まだ起きていない、胃の腑《ふ》をすっきり目覚めさせてください」

季蔵は五平とおちず、五太郎各々の膳に鮎の胡瓜もみの小鉢を置いた。

「朝から鮎とは豪勢だ」

鮎好きの五平は目を細めて箸を取ると、

「はらわたは入ってませんね」

季蔵に念を押して、

「はい」

「入れてくれればよかったとは申しませんよ。だって、これ、どうしてだか、若鮎の香りにそっくりだもの」

へえと目を瞠った。

「それ、胡瓜の匂いじゃありません？　採れ立ての胡瓜ってこんなにいい匂いがするものだったんですね」

おちずが言い当てて、

「実はそうなのです。鮎が食べてる水苔《みずごけ》と胡瓜の匂いはわりに似ているのです。今時分の鮎のはらわたは苦みが強く、清々《すがすが》しい若鮎の頃の匂いが薄くなっているので、これを外して、代わりに胡瓜の香りを移してみたのです」

「あたし、西瓜《すいか》の匂いも似てるような気がするけど」

おちずが呟くと、

「それじゃあ、今度は西瓜で鮎の身を和えてくれ」

五平は冗談まじりに言い、

「嫌ですよ、そんな悪趣味な味」

おちずが眉根を寄せると、

「そうでもないかもしれないよ。一口大に切って種を取った西瓜と、素焼きの鮎の身を、胡瓜よりも少々砂糖を控えた酢で混ぜる。案外おつなものかもしれない。そもそも、わたしはおまえの作る料理なら、何だって、美味くてたまらないんだ」

真顔で惚気《のろ》けてみせた。

次は鮎の田楽である。

これも胡瓜に合わせた鮎と同様、はらわたを取り除いた後、竹串に刺して素焼きにする。弱火で味噌《みそ》と砂糖をよく練り混ぜた甘い田楽味噌は前もって作っておく。

「これは、何と言っても、焼きたてが命なので、ここで供させていただきます」

季蔵は縁先に七輪を運んで鮎を焼いた。

素焼きで八分通り焼けたところで、田楽味噌を鮎の両面につけて炙《あぶ》り直す。

「いい匂いだ」

五平が鼻を蠢《うごめ》かした。

「さあ、食べてごらん」

季蔵はいの一番に五太郎の膳の皿の上に置いた。

はらわたが入っていないと聞いた五太郎は、鮎の胡瓜もみが気に入っている様子だったが、箸を置いて、竹串を摑もうとした。

「五太郎、火傷《やけど》するといけないから、おっかさんが——」

寄り添って、皿に息を吹きかけようとするおちずに、

「駄目駄目」

五平がひょいと身体《からだ》をずらして割って入って、

「火傷の一つくらいしても、このくらいは一人でさせないと。男の子なんだから」

「そうでした」

おちずがしょんぼりと俯きかけると、

「だからさ、あれだよ――」

五平はじっとおちずを見つめる。

「あれって？」

「可愛い女の子なら、わたしもおまえと競って、焼きたての鮎田楽を冷ましてやりたい」

「まあ」

「そろそろ、いい頃じゃないか？」

顔を真っ赤にしたおちずは、

「ご飯、炊けた頃でしょうから、急いでお味噌汁を作るように賄いに言わないと」

厨に行ってしまった。

「美味いか？」

五平に訊かれた五太郎は、二尾続けて平らげた後で、

「うん」

何度も頷いて応えた。

「嫌いなはらわたがないから、美味いのかね」

半信半疑の五平に、

「まあ、召し上がってみてください」

季蔵は焼きたてを五平の皿に盛りつけた。

五平は鮎田楽を一口食べた。

「見た目だけではなく、確かに田楽の味だ」

「そのはずです」

「豆腐や蒟蒻《こんにゃく》の田楽のように、焦げた味噌の味が美味い。だが、鮎ならば、あの苦みがここにちょいとあっても、それもまた、美味いのではないかと――」

「たしかに鮎のはらわたの苦みが味噌と混じっても、それなりにイケるでしょう。ですが、それは複雑な美味です。わたしは田楽とは、豆腐や蒟蒻、里芋等のあっさりした素材で、たっぷりと付けて焼く味噌の味を楽しむ、単純明快な美味だと思っているのです」

言い切った季蔵に、

「なるほど」

五平は何度も頷いた。


この日の夜更けてのことである。

季蔵がぐっすり眠り込んでいると、どんどんと油障子を叩《たた》く音がして、

「起きてくれ、起きてくれ」

目を覚まして戸口に出ると相手は松次だった。

「すまねえが、ちょいと来てくれねえか。お奉行様からの命令だ」

「わかりました」

季蔵は身支度を調えるとぶら提灯《ちょうちん》を手に松次に従った。

松次の足は北へ向かっている。

「行き先は浅草の妙福寺《みょうふくじ》だよ」

「そこで何か？」

「まあ、行きゃあ、わかるさ」

妙福寺の住職は六代目である。

その昔は名刹《めいさつ》と称されていて、修行寺だったのだが、お上の援助も薄くなって、遣《や》り繰りが厳しくなり、三代目からは檀家を取って、敷地の半分が墓地となっていた。

由緒ある寺の檀家になりたいのが、金持ちの常で、常に檀家は空き待ちである。

妙福寺に墓があるのは、老舗《しにせ》の大店の主でもあった。

烏谷椋十郎《りょうじゅうろう》はこの妙福寺の扁額《へん》の下に立って、季蔵を待っていた。

月明かりが大きな図体と、やや険しく見える丸い顔を照らし出している。

「ご苦労であった」

形だけねぎらって、

いた。

墓石が除けられていて、ぽっかりと大きな穴が見えている。その穴に人が頭から落ちて

烏谷が立ち止まり、待っていた田端が一礼した。

「ここだ」

烏谷は山門を抜けて、境内を突っ切り、墓地へと歩き出した。

「こちらへ来てもらおう」

――これは――

大きな下駄に見覚えがあった。

季蔵が行灯で、穴の周囲を照らし出すと、

――間違いない――

周囲の土の上には無数の下駄の跡があった。

棺桶は地上にあって、蓋が開けられ、膝を曲げた骸骨《がいこつ》が見えた。

そばには、大きな文箱が投げ出され、珊瑚《さんご》や琅玕《ろうかん》（翡翠）、鼈甲《べっこう》、銀細工等の簪《かんざし》や笄《こうがい》な

どが飛び散っている。

「よし、引き上げよ」

烏谷が命じると、田端が呼び寄せておいた墓掘り人たちに顎をしゃくった。

墓掘り人二人は慣れた様子で、深い穴に飛び降りると、うーんと気張り声を出しながら、

ぴくりとも動かない巨体を穴の外に押しだし、田端と松次、季蔵も手伝って、一挙に引き

上げて土の上に横たえた。

――この男、いわくのある変化朝顔の鉢の盗っ人だけではなく、墓荒しも兼ねていたのか――

季蔵は目を瞠り、

「こりゃあ、願人坊主の彦一だ。見えてたのは下駄だけだったが、あれほど足の大きな奴は滅多にいるもんじゃねえ」

松次も顔を確かめた。

烏谷は、やはりなという表情で季蔵を見た。

――彦一らしいとわかっていて、お奉行様はわたしをここに呼ばれたのだ。わたしがお連さんのところで、征左衛門さんを探していた彦一に出くわしたことをお忘れではない――

「こいつがよりによって、市中をさんざん騒がせてた墓荒しだったとはな」

松次が舌打ちした。

「こやつは殺された」

烏谷は胸に突き刺さっている出刃包丁を見据えた。

「しかし、簡単に殺れる相手ではありません」

田端は棺桶の近くに転がっていた大徳利を一口含んで、

「これには痺《しび》れ薬が入っています」

すぐに吐き出した。

「すると、こやつは薬を盛られて、動けなくなったところを、出刃包丁で止《とど》めを刺されたということだな」

鳥谷は言い切った。

第四話　鮎姫めし

一

季蔵《としぞう》は彦一《ひこいち》の骸《むくろ》を確かめて、

「止《と》めは心《しん》の臓《ぞう》ですが、何カ所も刺し傷があります。酷《むご》い殺し方です」

わざと急所を外したのだろうかと首をかしげた。

「女の怨恨《うらみ》ですかね」

呟《つぶや》いた松次《まつじ》は、

「相当数の女と関《かか》わってたようですぜ。こんな面相なのにどういうわけかもてたんでさ。こいつに目をつけられたら最後、蛇に狙《ねら》われた蛙《かえる》みてえに、泣かされるとわかってて、女たちは相手をしちまうんだそうでさ。年季が明けかけてる岡場所《おかばしょ》の女たちに言い寄って、借金を背負わせて店替《たなが》えをさせたり、中には、岡場所に売り飛ばされた素人娘もいたそうで――。大江戸八百八町、こいつを恨んでねえ女なんていねえんじゃないですか？」

大袈裟《おおげさ》な物言いをした。

「違う」

松次を見据えて首を横に振った田端《たばた》は、

「下手人が女ならば、わざわざこのような場所を選ぶまいと思います。墓地以外に幾らでも、人気《ひとけ》のない場所はあります」

烏谷《からすだに》に告げた。

「人気のない場所というが、たとえば神田川の土手でなら、相手の隙《すき》を見て川に突き落とすのは簡単だ。充分、女でも殺せる。だが、それでは積年の恨みは晴らせぬぞ。痺《しび》れ薬で自由を奪っての滅多刺しなのだから」

烏谷の言葉に、

「それではお奉行様は下手人は誰だと？」

田端は鼻白んだ。

「だったらではなく、お奉行様ご自身だとすれば、彦一相手にどのようにされますか？」

季蔵は訊《き》いた。

「たしかに彦一は大男だが、わしも背丈はかなりある方だ。赤子の手を捻《ひね》るがごとく、瞬時に組み伏せられる恐れはないゆえ、刀でけりをつける。これでも、武士のはしくれなので、その程度の剣の心得はある。隙を見て斬《き》りつける卑怯《ひきょう》はしても、姑息《こそく》に薬などは使わぬ」

「となると、下手人は剣の心得のない町人男だとおっしゃるのですね」

季蔵は念を押し、

「そのように思う」

烏谷は大きく頷《うなず》き、

「なにゆえ、そやつは毒ではなく、痺れ薬を用いたのでしょうか？　毒ならば楽に確実に殺すことができるというのに――」

田端は拘《こだわ》った。

「それこそ、恨みではないかと思う。下手人は彦一に、これでもか、これでもかと恨み返しをして殺したかったのだ。痺れ薬と出刃包丁を使って、じわじわと苦しませて殺さずにはいられなかったのは並みではない非情さだが、その奥には傲慢《ごうまん》なまでの矜持《きょうじ》も持ち合わせている。殺すには相応の理由があったのだろうが、何より、彦一ごとき者に付け込まれたことが耐え難かったのだ」

――もしや――

季蔵は咄嗟《とっさ》に彦一に金子《きんす》を渡していた、長崎屋《ながさきや》五平《ごへい》の無表情な顔を思い出していた。

――これから先も続くであろう、地獄のような強請《ゆすり》が耐えきれずに――。だが五平さんは決して非情な人ではない――

「願人坊主ってえのは、この彦一に限らず、どっかから見つけてきた太てぇ金ヅルを握ってて、それで、酒だの博打《ばくち》だの女だのと、遊んで暮らしてるように見えるんだって聞いたことがありやすよ。彦一も同類だったとすると、太てぇ金ヅルの中には、こいつを殺したいほどの想《おも》いでいるお大尽だっているでしょう？　ああ、その太てぇ金ヅルさえわかれば、下手人を焙《あぶ》り出すことができるんだが――」

松次はため息をつきつつ、乞《こ》う目で烏谷を見つめた。

「たしかにその通りだが、さて、誰かのう、その太い金ヅルとは？――」

烏谷はふふっと笑って惚《とぼ》けると、

「それにしても、彦一も女、太い金ヅル、墓荒し、とはずいぶん手広く稼いでいたものよな」

巧みに話を変えた。

「墓荒しの方は始めて間もないようです。先ほどまでここに居た墓掘り人が、〝無駄に穴を大きく掘りすぎている〟と言っていました。それが、まだこの悪事に慣れていない証《あかし》のようです」

田端は惚けられたと承知して話に乗り、

「穴ばかり大きく掘っちゃ、骨折り損だもんな。おおかた墓掘り人たちは、だから自分たちの仕業ではないと、身の潔白を示したかったんだろうよ」

松次も同調した。

――おそらく、お奉行様は彦一が太い金ヅルの正体を、何かに書き留めていないかを案じておられるはずだ――

季蔵は烏谷の方を向いた。

「ほう、この小判は新しいではないか」

ふと彦一が掘り出した棺桶《かんおけ》の近くに目を落とした烏谷は、朝日を浴びてきらりと光ったものを手にして、

「三途の川の渡し賃の追加かな」

目を細めると、

「これに下手人に行き着く手掛かりがあるやもしれぬ」

したり顔で言い放つと、

「お言葉でございますが、それは近年出回っております、見かけることの多い小判です。これが下手人の手掛かりになるとはとても思えません」

田端の指摘に眉《まゆ》を上げて、

「わしの申しておることが、わからないのなら、もうよい。行くぞ」

息荒く季蔵一人を促して妙福寺《みょうふくじ》の山門へと向かった。

「向かう場所はわかっておろうな」

「はい」

「彦一の住まいは既に聞いておる」

「お奉行様にはそれが大事でございましょうから」

「はて、意味ありげな物言いよな」

「もし、書いたものなど彦一のところから出てきて、お知り合いの御名が公になってはと、

田端様や松次親分に先んじるおつもりでしょう？」

「その通りだ」

烏谷は傲然と言い切って、

「そちも気がかりな名があるのではないか？」

ぎょろりと大きな目を剝《む》いた。

「わたしにはそのような名は——」

一瞬たじろいだ季蔵に、

「長崎屋五平ともなれば、とびきり太い金ヅルであろうが——」

にやりとした烏谷は、

「そうか、よりによって、前に聞いていた米沢屋《よねざわや》征左衛門《せいざえもん》だけではなく、そちが親しくしている長崎屋が、彦一に強請《ゆす》られていたとはな——」

わははと大口を開いて愉快そうに笑った。

「たしかに五平さんは誇り高い方ですが、心優しく、人を殺《あや》めるようなことはあり得ません」

季蔵は毅然《きぜん》として言い切った。

「だが、相手は悪党だぞ。悪党ならば非情にもなれるのではないか？」

「どんな相手でも人を殺めればたいていが死罪です。ですから、家族想いの五平さんが手を下すとは考えられません」

季蔵が歯を食いしばると、

「まあ、そうムキになるな。わしとて、彦一が握っていた金ヅルの名に、米沢屋と長崎屋以外、心当たりがあるわけではない」

「それでは、どなたかに頼まれていて、彦一が書き置いたものを探したいのではないのですね」

「わしは始終、大店《おおだな》の主《あるじ》たちと酒を酌み交わしているが、そこまでのつきあいはしていない。考えてもみろ。彦一の金ヅルになるにはそれなりの理由があるはずだ。痛くもない腹を探られることもあれば、ほんとうに痛い黒い腹に、鋭く、図星を指されることだってあるにちがいない。悪事の取締の元締めである町奉行のわしに、連中がそこまで胸襟を開くわけなどありはしないのだ」

「では、これはお奉行様の御判断なのですね」

「その通りだ。金ヅルの正体が知れれば、奉行所としては見て見ぬふりはできぬゆえな」

「彦一を殺めた下手人はお縄にせずともよいというお考えからですか？」

「結果、そうなっても、いたしかたなかろうとわしは思っている。下手人一人のために、市中の商いを牛耳《ぎゅうじ》っている大店の主たちの黒い腹が露呈してしまってはまずい。御定法に背いたとして、何軒もの大店が潰《つぶ》されれば、多くの奉公人が路頭に迷うことになる。彦一に書き置いたものがあれば、即座に焼却することに決めている」

すでに、よく晴れた夏空から、朝日がさんさんと降り注いでいて、二人とも額に汗を滲《にじ》ませている。

「今日も暑くなりそうだ」

彦一の住まう長屋が見えてきた。

木戸門を潜《くぐ》り、おかみさんたちが集《つど》う井戸端が近づいたところで、烏谷はさっと羽織を裏返して着直すと、

「酔うた、酔うた」

季蔵にもたれかかった。

「一晩、酒を飲み続けて酔うたぞ」

わざと大声を張り上げると、

「彦一が脅していたのは町人だけではなく、体面が大事な旗本連中もいたはずだ。その輩《やから》の中には、家族に知らせず、このように家紋を隠し、情けない酔っ払いを装って、金を届けるしかなかった者もいたであろう」

季蔵の耳元で囁《ささや》いた。

二

狭い長屋の路地奥まで歩いて、つきあたった油障子が彦一の住まいであった。

場所を井戸端にいたおかみさんたちに訊いた折、

「彦一さんならいないよ。昨日の夜から帰ってないみたい。けど、時折、いるんだよね、彦一さんとこに来る、お侍さんや旦那《だんな》さん。お連れさんみたく、酔っぱらってるような足取りの人もいてさ。その人たち、彦さんがいなくてもいいみたいで、中に入ったかと思うとすぐに帰っちまう人もいるんだよ。こっちが声をかける間もなくてさ」

井戸端のおかみさんの一人がちらと烏谷を見て呟いた。

――おそらく金を届けに来たのだろう――

「ところで彦一さんはどんな人ですか？」

さりげなく季蔵がたずねると、

「おっきくて、お酒が好きで、いつも腰に大徳利をぶらさげてて、立ち止まってぐびぐび飲むんだけど、飲めば飲むほど顔が青くなって目が据っちまって――とにかく、よくわからないおっかない男だよ」

「それでも、若い別嬪《べっぴん》には抜け目なく、声かけるんだからね」

「おっかさんと二人住まいだった、可愛《かわい》い十四、五歳の娘《こ》。お寿美《すみ》ちゃんだろ」

「そうだよ。あたしたちとは口なんてとんときかないのに、お寿美ちゃんだけには買ってきた饅頭《まんじゅう》や、高そうな簪《かんざし》をくれてやってたね」

「けど、怖がってたよ、お寿美ちゃんもおっかさんも」

「あたしたちが、彦さんは名うての女たらしだと教えると、せっかく引っ越してきて一月も経《た》ってないのに、あの母娘《おやこ》、三日前に出てったよ」

「引っ越し代は嵩《かさ》んで気の毒だったけど、あれでよかったんだよ。お寿美ちゃん、売り飛ばされずに済んだんだから」

「何しろねえ、長屋住まいのくせに贅沢《ぜいたく》に遊び暮らしてるんだから、願人坊主のあいつときたら――」

「くわばら、くわばら、これからも、あいつとは関《かか》わりなくやってこうね」

一同は顔を見合わせて一様に眉根を寄せた。

季蔵は羽織を裏返しに着て、よろけて歩いている烏谷と共に、彦一の家へと入った。

独り住まいとはいえ、がらんとした空き家のような様子の家であった。

釜《かま》や鍋《なべ》は一つもなく、大きな水桶二つが目立つ厨《くりや》はほとんど使われていない。

冷や酒を飲むのに都合がいいように、茶碗《ちゃわん》が一つ、ぽつんと竈《かまど》の前に置かれていた。

「煮炊《にた》きをせずに暮らせていたのは、よほど実入りがよかったからだろう」

土間から座敷に上がった烏谷は、三つ折りに畳まれている煎餅蒲団《せんべいぶとん》の上にどんと腰を下ろして、天井から始めて、板敷の上を丹念に見回した。

「天井裏には隠しておらぬな」

「どうしてわかるのです？」

「羽目板が緩んでいない。だが――」

烏谷は煎餅蒲団の上に立ち上がって、ぴょんぴょんと跳ねてみた。

「間違いない。隠し物は畳の下にある。素人が何度も傷んだ畳を上げ下げすると、このように軋《きし》むものだ」

そこで早速、煎餅蒲団が取り除《の》けられ、畳が上げられた。

「あっ」

「これは」

二人は顔を見合わせて驚愕《きょうがく》した。

畳の下にはびっしりと小判が敷き詰められていて、金色の光が目映《まばゆ》かった。

「小判の他にも何かあるかもしれぬ。探せ」

「はい」

季蔵は残った畳を上げ、剝《は》がすように取り除けていったが、小判以外には何も出て来なかった。

「しかし、まあ、よく溜《た》め込んだものだ」

小判の数は全部で百三枚もあり、烏谷はため息をついた。

「太い金ヅルを手繰って、これだけの稼ぎが出来るとなれば、彦一は何も書いてはいなかったかもしれぬ」

「迂闊《うかつ》に書き留めておいて、誰かに知られ、太い金ヅルを奪われることを恐れたのですね」

「そういうことだ」

「しかし、その数は相当に上るはずです。頭に入れて覚えていられるでしょうか？」

「命にも等しい太い金ヅルのことになると、彦一の頭は我らとは比較にならぬほど、入る量が多かったのだろう。そもそも、悪賢い奴は愚かではない」

烏谷は集めた小判を見つめて、

「儲《もう》けたぞ。これで、毎年、洪水で悩まされる深川や本所界隈《かいわい》の堀割強化ができる。余れば、いつ落ちてもおかしくない、気になっている橋の修理に回せる。馬鹿正直に御公儀に報《しら》せれば、誰に返していいのかわからぬものゆえ、内々でいいように分配される。わしのところにも、涙金程度の小判何枚かが配されるだろう。だが、それでは困るのだ」

しばし、目を輝かせていたが、季蔵の視線に気がつくと、

「この小判のことも、今、わしが申したことも他言は無用だ」

緊張した面持ちで、ぴしゃりと鋭く言い放った。

「よくわかっております」

応《こた》えた季蔵は厨のある土間を見渡していた。

――ほんとうにどこにも、もう隠したものはないのか？――

「どうした？」

しばらく無言が続く季蔵に烏谷が声をかけた。

「おかみさんたちは、彦一が長屋にいなくても、かまわずに訪ねてくる人たちがいると言っていましたね」

「中には、わしが化けたような酔っ払い侍もいたとな――」

「その人たちはどこに、金子を置いて帰ったのかと気になりました。彦一が大事なお宝の隠し場所である畳の下を教えておいて、相手に畳を上げさせ、敷き詰めた小判の隣りに並べさせていたとはとても思えません」

　季蔵の目は並んでいる大きな水桶に吸い寄せられている。

「常に煮炊きをしていなかった彦一に、果たして、水桶が二つも入り用だったでしょうか？」

　季蔵は水桶二つの前に立った。

　まずは向かって右の水桶の蓋《ふた》を取った。

「水であろうが──」

　座敷から下りてきていた烏谷が覗き込んだ後、

「おおかた、これも──」

　隣りの水桶を蓋がついたまま持ち上げた。

「それなりに重いが──」

　その水桶を持ち上げたとたん、ごろんと中のものが側面にぶつかる音がした。

「何か入っているのか？」

　季蔵が蓋を取り、両手で持ち上げている烏谷が、頭《こうべ》を垂れるようにして覗いた。

「驚いた」

　烏谷は空の水桶を斜めに傾け、季蔵が金でできた宝船を取り出した。宝船には七福神が乗り合わせている。

「太い金ヅルの方々は金か、それに代わるものを、空の水桶の中に置いて帰っていたようです。また、それだけではなく、彦一が持ち帰った金品をとりあえず、隠しておく場所がこの空の水桶だったのでしょう」

「うーむ」

烏谷は宝船を前に気難しい顔で両腕を組んだ。

「何か、気がかりなことでも？」

季蔵は訊かずにはいられなかった。

「そちはこれの謂《い》われを知るまい」

「金はそう新しくないもののようです」

宝船も七福神もやや表面の艶《つや》を欠いている。

「この金の宝船は将軍家から米沢屋に下賜されたものだ。先代と親しかったわしは、茶会に招かれた折、一度見せてもらったことがある」

「米沢屋にとって、家宝中の家宝というわけですね。そんな立派なものがここにあるとなると――」

「お連《れん》のところで、米沢屋がそちに言ったことは偽りだ。米沢屋と彦一との因縁はそで吉《きち》の博打の借金などではない」

「もしや、米沢屋さんがそで吉さんを――」

「拝領品まで差し出さなければならないのには深い理由があるはず。おそらく、そで吉殺しの一部始終を彦一に見られたに違いない。あの日、征左衛門は三升亭《みますてい》にいたそうだが、正法寺橋は目と鼻の先、できないことではない」

「それで思い余った米沢屋さんは、彦一を呼び出してあのようなことを——」

「米沢屋征左衛門は器の大きかった先代と比べると、出来損ないの器量の小さな男だが、商人らしからぬ尊大さは群を抜いていた。一度は彦一の脅しに負けて、家宝の金の宝船を渡したものの、先行きのこともあって、恐ろしくも悔しくもあり、当初は何とか金を積んで買い戻そうとした。拝領品の紛失、譲渡はとんでもないことゆえな。武士ではないにしても主一家は生きておられぬだろう。ところが、彦一は応じず、おそらく、そんな端金《はしたがね》ではとせせら笑ったのだろう、こんな奴に笑われる筋合いはない、俺は天下の米沢屋の主なのだと、そもそもが傲慢の権化のような米沢屋は、憤怒の塊となり、果ては彦一に目にもの見せて、とびきり酷く殺す方法を思いついたのだろう」

「彦一の方は米沢屋さんをあまりに軽く見なしすぎていたのでしょう」

「だから、落ち合う場所を、自分が泥棒を働いている真っ最中の墓場にしたのだろう。よもや、どんなことがあっても、米沢屋が彦一を突き出したりはしないとわかっていたゆえな」

「棺桶の近くに落ちていた小判は？　小判は重く、一人で手にできる数は知れています。その程度の数を持参しても、彦一が手を打ってくれるはずもなかったのでは？」

「そこは米沢屋の方が一枚上だった。米沢屋は彦一の小判への執着を利用したのだ。小判を見せれば、〝とりあえずは貰っておく〟と目をぎらつかせ、彦一が必ず奪い取ることがわかっていた。それで、鼻で笑われると知っていて、端金を持参した。そうだな、機嫌を直してほしいとか、まあ、そんなことを言って、痺れ薬の入った酒と一緒に、多くて十両ばかり出したのだろう。そして、首尾良く彦一を惨殺した後、骸の懐に納まっていた小判を回収して墓穴に放《ほう》りこんだ。この時、一枚が夜の闇《やみ》に紛れ込んでしまったというわけか――」

三

この後、烏谷に命じられた季蔵が小判を畳の下に戻すと、烏谷は、

「今夜にでも手の者に取りに来させるつもりだ。授かりものは有用に役立てねばならぬからな」

にやりと笑って、

「ただし、これぱかりは――。家族や数多くいる米沢屋の奉公人たちには気の毒だが――」

七福神が乗り合わせている宝船を隠すようにすっぽりと懐に収めた。

「主征左衛門をお縄にするのですね」

「これほど明白に彦一に強請られていた証が出てきてしまっては、よもや、見逃すことは

できまい。彦一のみならず、そで吉殺しの容疑もかかっているのだから、この証を見せて白状させねばならぬ」

そう言い捨てて、烏谷は再び酔っ払いを装って、狭い路地をわざとよろけて木戸門から往来に出ると、羽織を着なおしてすたすたと歩き始めた。


田端と松次が塩梅屋《あんばいや》に立ち寄ったのは、その翌々日のことであった。

「邪魔するよ」

松次は床几《しょうぎ》に腰を落ち着けて、甘酒を飲み干した。

「さて――」

季蔵が探るような目を向けると、

「相変わらず暑いねえ」

松次は天井に向けて呟き、

「旦那――」

同じように湯吞《ゆの》みの冷や酒を呷《あお》った田端に同意をもとめ、相手が目で頷くのを待って、

「米沢屋征左衛門が縊《くび》れて死んだよ。彦一んとこから出てきた、宝船のお宝のことをお奉行様から聞いて、田端の旦那と一緒に、すぐに、米沢屋に駆け付けたが、間に合わなかった」

と告げた。

——やはり——

季蔵も心のどこかで予期していた結末だった。

「どんなお大尽でも人を殺せば死罪だ。征左衛門は彦一だけでなしに、そで吉も殺してるかもしんねえんだしな」

「どこかに書き置きでもあったのですか？」

「そいつはなかったが、立派だった父親の位牌《いはい》の前に、一字〝赦〟と書いた紙があったよ。お内儀の八重乃《やえの》に訊いたところ、征左衛門の手跡に間違いないそうだ。自分の生き様を恥じてのことだろうさ」

「彦一殺しは征左衛門で決まりだろうが、そで吉の方はどうかな？　家宝の宝船のようなこれぞという証はない」

田端が疑問を挟んだ。

「世間では色恋のもつれで、娘婿を手に掛けたというのは、あり得ないことではないのでしょうが、あそこまでの大店の主がそんなことをするとは、どうも——」

——彦一を殺《あや》めたそもそもの原因が、征左衛門のそで吉への悋気《りんき》だと知ったら、お美津《みつ》さんや八重乃さんはどんなにか傷つくだろう——

季蔵はお美津や八重乃の窶《やつ》れた顔を思い出して気が重くなった。

「そういや、お奉行様に命じられて調べた長崎屋五平だけど、あの日は、月次《つきなみ》の会合で噺《はなし》をしてたんですよ。いい気なもんだぜ大店の主は。やれ、女だ。噺だと。俺たちもあやかりたいですね。旦那」

「なぜ、お奉行様は長崎屋を調べるようお命じになったのか。わからぬな」

田端が首をかしげたの見て、季蔵は、これ以上話を続けないために、

「どうです、田端様、鮎《あゆ》の炙《あぶ》り酒を召し上がってはみませんか？」

田端の泣き所を突いた。

「ほう、そんなものがあるのか？」

身を乗り出した田端に、

「何刻もかけて作った燻し鮎も残り少なくなりました。なくならないうちに、是非、試してみたくなったのです」

「是非、味わってみたい」

「今、お作りいたします」

季蔵は吊《つ》るしてある燻し鮎一尾を紐《ひも》から外すと、焦がさずに風味だけを引き出すべく、さっと強火で炙り、平皿に盛り、燗《かん》をした酒をひたひたに注いだ。

「これはまた熱いな」

苦笑した田端は、

「しかし、いい匂《にお》いだ」

鼻を蠢《うごめ》かせ、

「しばらくしてから、啜《すす》って飲んでください。酒のほどよくしみた燻し鮎もなかなかでご

ざいます」

季蔵は心から微笑《ほほえ》んだ。

——本当にお奉行様は食えない御仁だ。あの夜は、すっかりだまされた。しかし、五平さんへの疑いが晴れてよかった——

田端のずずっ、ずずっと鮎の炙り酒を啜り込む音が聞こえた。

次に田端は燻し鮎の頭にかぶりついて、一口、二口で食べ終えると、

「酒よし、肴《さかな》よしとはこのことだな。これが冬ならばなおのこと美味《うま》い。冬にそこはかと夏の香りが楽しめるのだから」

細い舌先で唇に付いた酒を丹念に舐《な》めた。

青ざめきって、この話を聞いていたおき玖《く》は、ここ何日か、昼過ぎから夕方まで出かけていた。

沈んだ様子で、頬《ほお》に涙の痕《あと》が筋になって残っているようなこともあった。

「季蔵さん、聞いてくれる?」

二人が帰り、仕込みが一段落したところで話しかけてきた。

「わたしもいつ、お嬢さんに話しかけようかと迷っていました」

「あたし、そんなに変だった?」

「ご心痛のようでした」

「あんなことになった米沢屋のお美津ちゃんと八重乃さんのことなの」

「どうされています？」

――前からお二人ともそで吉さんのことで弱りきっていた。お美津さんはまだしも、八重乃さんの方は床に臥《ふ》せっていた――

「お内儀さん、げっそりはしてしまったけれど、床上げをして気丈に振る舞ってるわ。お美津ちゃん一人に何もかも背負わせちゃいけないって。見上げたものね。そしたら、お美津ちゃんの方が夏風邪《なつかぜ》で寝込んじゃって、あたしで出来ることならって、看病に通ってたの」

「夏風邪は大事にしないと――」

「大丈夫、もう、すっかり良くなったから。季蔵さんほどの腕じゃないけど、あたしの鮎かけや鮎素麺《そうめん》、二人とも喜んで食べてくれて――。ごめんなさい、それで、鮎素麺に欠かせない燻し鮎を持ち出して、もう一尾もなくなってしまったの」

おき玖は努めて明るく言い放ったものの、その目は潤みかけていた。

「燻し鮎で身体《からだ》を癒《いや》してもらえるのなら、また、豪助《ごうすけ》に頼んで盛大に作り置きしましょう。わたしは、お嬢さんまで、そんな風に泣きたくなる理由を聞きたいのです」

「店仕舞いを命じられた米沢屋さんは、竹矢来で囲まれていて、あたしは勝手口から入ってるの。でも、そうなることは、家宝の宝船が持ち出されてお上の知るところとなり、征左衛門さんがあんなことになった時から、八重乃さんもお美津ちゃんも覚悟ができてたみたい」

そこでとうとう、おき玖は溢《あふ》れ出した涙を片袖で拭《ふ》いた。

「お上には慈悲ってものがないのかしらね」

強い口調である。

「この上、米沢屋さんに何が起きているのです？」

「お上の命により、あと半月で米沢屋さんは美濃屋《みのや》さんに店を明け渡すことになっているんですって」

「美濃屋さんは米沢屋さんに次ぐ米問屋です」

「当初、美濃屋のご主人は今まで居た米沢屋さんの奉公人を、一人残らず引き取ってくれるってことになってたのよ。八重乃さんとお美津ちゃんが二人がかりで、〝あたしたち母娘は着の身着のままでここを出て行きますから、どうか、奉公人たちだけは、よしなにお取り計らいください〟って、必死に頼んだから」

「それは、また大した覚悟です」

季蔵は整っているだけで、まるで生気が感じられなかった、母娘の真の美しさが見えたような気がした。

「ところが土壇場になって、米沢屋さんの奉公人は米沢屋の色が付いてるから、美濃屋では引き取れない、皆に出て行ってもらう。その代わり、八重乃さん母娘に搗米屋《つきごめや》を一軒、任せると言い出したのよ」

搗米屋というのは米問屋から玄米の状態で買った米を搗いて精米し、町人に売る小さな米屋である。

「それが嫌なら、奉公人と一緒に出て行けというわけ」

おき玖は悔し涙を今度は人差し指で拭《ぬぐ》って、

「酷《ひど》いったらない、女だと思って馬鹿にして――」

憤怒の唸《うな》り声を上げた。

――たしかに酷い話だが、美濃屋の側に立てば、世話をする筋のない八重乃さん母娘を路頭に迷わせないのは、精一杯の恩情だということになるのだろう――

「それで八重乃さん母娘はどのように身を振ることに？」

「在所に帰ると決めていた大番頭さんが、皆をまとめて、美濃屋の言う通りにしてほしいと、八重乃さんやお美津ちゃんを説得したのよ。米沢屋の奉公人たちは、日頃から、征左衛門さんの横暴さには閉口してて、いわれのない叱責《しっせき》で泣くことも多かったそうだけれど、陰になり、日向《ひなた》になりの、八重乃さん母娘の庇《かば》い立てには感謝してて、二人が病気で苦しんだり、明日の暮らしにも困るようにはなってほしくなかったんだそうよ。何ってまあ、いい話なんだろう――」

ここでおき玖の涙は感涙に変わった。

「八重乃さん母娘は、搗米屋をどこで始められるのですか？」

「半月ほどしたら、神田松永町まで引っ越すと決まったの。商いはその二日後からって聞いてる」

「その時には是非、鮎料理でお祝いさせていただきましょう」

「そうね、そうだわ」

涙にまみれながらも、ぱっと顔を輝かせたおき玖が、

「鮎かけや鮎素麺は運べやしないけど」

首をかしげると、

「ここは米屋さんの開店にふさわしく、飯ものを拵《こしら》えましょう。めでたいのは鯛ですが――」

季蔵は言葉を止めて笑顔を向けた。

「いいえ、鮎を使ったのが断然いいわ。二人とも、あたしの拵えた鮎料理で元気を出してくれたんだもの。その代わり、けちけちせずに、たっぷり鮎を使ってちょうだいね、お願いよ」

やっといつものおき玖に戻った。

四

季蔵は豪助のところまで三吉を走らせて、燻し鮎を作り置くために、まとまった数の鮎を頼んだ。

二日後に豪助が前よりも三十尾ほど多く届けてきたので、裏庭でこれを燻《いぶ》し終え、紐で吊るすと、今度は早速鮎めしの試作である。

「鮎めしには燻し鮎は使えないでしょうから」

おき玖は前もって、十尾ほど、生のままの鮎を取り置いてあった。

「実はわたしも」

季蔵も同じ数、除けてあって、

「これだけあれば、お嬢さんがおっしゃるように、たっぷり使っても、今夜のお客様にお出しできますね」

急遽《きゅうきょ》、鮎めしは客にも供されることになった。

鮎めしの鮎は、はらわたを抜いて、表面が焦げない程度に軽く焼き、中まで火は通さない。

米は洗って、酒と塩、少々の醬油《しょうゆ》を加えて水加減し、これに焼いた鮎を載せて炊く。

季蔵は醬油をほんの一垂らしした。

「かど飯の時はもっと醬油の色が濃かったのにな」

醬油味好きの三吉は不満そうである。

「江戸っ子はとかく醬油好きだが、鮎は秋刀魚《さんま》と違って味が繊細で薄い。せっかくの鮎の風味を台無しにしたくないので、ここばかりは醬油を控えてもらう」

季蔵の言葉に、

「醬油ってほんの少し広がると薄赤いのね。桜の花みたいに綺麗《きれい》」

釜の中を覗いておき玖が見惚《みと》れた。

ご飯が炊けるまでの間に、季蔵は三吉に茗荷《みょうが》の薄切りと針生姜《はりしょうが》を頼んだ。

「かど飯の時は生姜おろし汁を飯に入れて炊いたよね」

三吉はついつい、醤油と秋刀魚の相性が抜群で、大好きでならないかど飯と比較してしまう。

「かど飯は鰻飯《うなぎめし》に似ているという人もいるが、どちらも、脂の旨味《うまみ》と滋味がじわっと口の中に広がる。それだけに匂いも強烈で、掻《か》き混ぜただけで瞬時にそれが飯にも移る。それで、胸焼けなどしないよう、飯にたっぷりと生姜汁を入れて炊く。ここでの生姜は臭み消しだ。比べて、白身の鮎は淡泊なので、夏の魚である鮎の風味に、茗荷や生姜といった夏の青物の香りを加えて、渾然《こんぜん》一体となった、涼やかな味わいを楽しんでもらいたいと思っている」

「茗荷や生姜がよくて、どうして醤油が駄目なの？　おいら、茗荷や生姜だって、醤油に負けず劣らず、匂いは強いと思うんだけど」

まだ腑《ふ》に落ちない様子を、

「醤油は男の味、茗荷や生姜なんかは女の味。そして、秋刀魚は男、鮎は女。男は男同士、女は女同士、仲がいいって、相場が決まってるでしょ」

おき玖が諭して、

「なーるほど」

三吉はようやく頷いた。

ご飯が炊きあがったら、一度、鮎を取りだし、頭と尾と鰭《ひれ》と中骨を取り除く。

「えーっ、これだけになっちまうんだ」

三吉は残った少ない鮎の身をやや悲しげに見つめた。

「それでも、あたしが頼んで、ご飯に混ぜ込む鮎の数は増やしてあるのよ」

季蔵はその鮎の身と、茗荷の薄切りと針生姜を混ぜ終えた。

「もしかして、茗荷や針生姜って、鮎の少ない身を感じさせないため？」

三吉に訊かれた季蔵は、

「まあ、それもないとは言えない」

さらりと受け流した。

各々の飯椀に盛りつけながら、ため息をついたおき玖は、

「鮎の白さがご飯の桜色、茗荷の縁の薄赤い色と針生姜の黄色に映えてて、何とも雅《みやび》ね」

「好みで粉山椒《こさんしょう》をかけてもいい」

季蔵の提案に、

「あれっ？　粉山椒は鰻飯や秋刀魚飯の十八番じゃないのかな？」

三吉はまたしても首をかしげた。

「まあ、かけてみろ」

促されて粉山椒を振りかけた三吉は、

「あっ」

叫んで、

「鰻飯や秋刀魚飯ん時ほど強くない」

「茗荷や針生姜、鮎の身と混じって、ほどよく香ってるのよ。鮎飯はそれだけで味も匂いも強い鰻飯や秋刀魚飯とは、まるで違う、上品な飯物だと改めて気づかされたわ。どこかの優美なお姫様みたい」

おき玖は丁寧に箸を使った。

「それじゃ、塩梅屋のこの鮎めしは鮎姫めし‼」

三吉が言い出して、

「いいわね、それ」

おき玖は賛成し、季蔵も頷いた。

「ところで三吉」

季蔵は三吉の方を向いた。

「約束をまだ果たしてないぞ」

「そんなのあったかな？」

三吉は鮎姫めしを掻き込むのに夢中である。

「あたしはちゃんと覚えてるわよ。叩《たた》き胡瓜《きゅうり》の一品でしょ？　三吉ちゃん、これぞというものを作ることになってたじゃないの」

「この鮎姫めしに合う、叩き胡瓜の一品があってもいいと思ってる。胡瓜は朝、届けてもらったのがあるぞ」

季蔵はにっこり笑った。

「鮎姫めしと叩き胡瓜じゃ、所詮《しょせん》、身分が違いすぎて駄目なんじゃ――」

三吉は上目遣いに季蔵を見た。

「そうは言っても、今、ここにあるのはこのご飯だけ。たしかに、何か一品、あった方が、淡泊な鮎姫めしがもっと美味しくなりそうね。お願いよ、三吉ちゃん」

おき玖にまで促されて、

「わかった、わかりましたよぉ。やります、作ります」

三吉は渋々、飯茶碗を置いて、襷《たすき》をかけ、前垂れの紐を締め直した。

「よしっ」

三吉は掛け声をかけると、まずは鰹節《かつおぶし》で濃いめに取った出汁《だし》を、塩を主にして、少々の醤油で調味して、大きめの鉢に取り、ここに鷹《たか》の爪《つめ》、白胡麻《しろごま》、生姜のみじん切りを入れた。

「やっぱり、忘れてなかったじゃないの」

おき玖の言葉に、

「うん、まあね」

三吉は真剣な面持ちで胡瓜を擂《す》り粉木《こぎ》で叩き始めた。

ヒビを入れた胡瓜を、食べやすい大きさに手で千切り、作った汁に漬けていく。

「これでしばらく寝かせると、叩き胡瓜の漬け物の出来上がりだよ」

よしっと頷いた三吉に、

「それじゃ、あたし、鮎姫めしの二膳《ぜん》目は、そのお漬け物が出来るまで待ってることにする」

おき玖が言い出して、この日の昼賄いは八ツ（午後二時頃）にまでずれ込んだ。

出来上がった叩き胡瓜の漬け物を口に運んだ季蔵は、

「漬け汁の塩と醬油の加減が素晴らしい」

三吉に優しい目を向け、おき玖は、

「あっさりしてて、さわやかで、それでいて、辛味や胡麻、生姜が利いてて、一度食べたら忘れられない、病みつきになりそうないい味だわ。たいしたものよ」

手放しで絶賛した。

「ほんとは、家で試してた時は、もっと醬油の味、きつかったんだよ。今一つだなって思ってて、なかなか作るって言い出せなかったんだ。でも、さっき、鮎姫めしの作り方を見てて、季蔵さんの醬油使いにこれかもしれないって感じて、それでさ。おいらなんてまだまだ――」

三吉は少しばかり目を潤ませた。

「よろしい。あたし、正直な三吉ちゃんって好きよ。おとっつぁん、いつも言ってたわ、料理人は驕《おご》ったら、味より驕りの方が鼻について、いつしか、味がわからなくなってお仕舞いだって。だから、今みたいな謙虚さ、いいことだわ。さあ、鮎姫めし、あたしの分も食べなさい、いいから」

おき玖は微笑んだ。

この日の夕方には、もう一度、鮎姫めしが炊きあげられ、訪れた喜平《きへい》は、

「こりゃあ、いいとこに来たもんだ。死ぬまでに一度は、身のたんと入った鮎めしを食ってみたいと思ってたのさ。白い鮎は姫様の顔で、茗荷や針生姜が姫様の着物だな。綺麗な上に上品な色気がある。この姫様はお年頃だ。鮎姫めしとはよく言ったものだ」

二膳、三膳と箸を進ませた。

連れの辰吉《たつきち》は、

「悪いが女房のおちえの奴の土産にしたいんで、折りに詰めてくれねえかな。あいつの目、美味いもんを見る時、まん丸くなって、そりゃあ、可愛いったらねえんだ」

惚気《のろけ》すぎ、喜平は危うく、〝鮎姫めしは――〟の後に、おちえを揶揄《やゆ》して辰吉を激怒させた言葉、〝褞袍《どてら》には似合わねえ〟と続けそうになって、あわてて両手で口を塞《ふさ》いだ。

喜平や辰吉等が自慢げに話し回ったせいもあってか、鮎姫めしは、客たちが予約や仕出しの注文を入れてくるほど好評となった。

「おいらのつけた名前勝ちかな」

三吉は謙虚でない物言いをすると、

「可愛くないよ、そういう三吉ちゃん。季蔵さんの腕がいいからに決まってるじゃないの」

おき玖はぴしゃりと押さえた。

五

そんなある日の夕刻近く、平助《へいすけ》が久々に塩梅屋を訪れた。

「今日は河童《かっぱ》話はなしだよ」

背中に胡瓜の入った籠《かご》も背負っていなかった。

「季蔵さん、あんたに頼みがあってきたんだ」

平助は変わらず皺深い顔を向けて頭を下げた。

「さて、何でしょう?」

「鮎姫めしだよ」

「ちょうど出来上がったところです。今ここで召し上がりますか?」

混ぜめしの類《たぐい》は鮨《すし》でない限り、炊きたてが一番である。

「俺が食うんじゃないんだ」

そうは言いながらも、平助はごくりと生唾《なまつば》を呑み込んだ。

「どなたかに持ち帰りですか?」

「まあな」

濁そうとした平助の前に、

「河童天誅《てんちゅう》の件では、お解き放ちになって、ほんとうによかったわね。はい、これは遅ればせながら、あたしからのささやかなお祝い」

おき玖は鮎姫めしをてんこ盛りにした飯茶碗を置いた。

「いいのかい？」

「お祝いって言ったじゃないの」

「それじゃ、遠慮なく」

箸を手にした平助は意外にも掻き込んだりせず、上品な仕種で一口、一口、丁寧に口に運んだ。

突然、その手が止まった。

季蔵とおき玖が思わず顔を見合わせると、箸を置いた平助はううっとこみあげてきた涙にむせんでいた。

「ありがてえ」

――常は飄々《ひょうひょう》としている平助にはふさわしくない涙だ。鮎姫めしの振る舞い一つで泣いているとは思えない――

「何かありましたか？」

「美味い飯ってえのはいけないな。我慢してたもんが、どっと胸ん中から噴き上げてきちまう」

平助は固めた拳で涙を拭くと、

「あんた、薬種や青物の苗作りをしてる弘吉《こうきち》さんに会ってるだろう？　ほら、俺が番屋にしょっ引かれて、あんたに庭の世話を頼んだ時のことだよ」

「覚えています。平助さんに頼まれて、本所の家に行った時、ばったり出くわしましたね」

季蔵は弘吉の切れた身のこなしを忘れずにいた。

――わたしと同じで、元は士分だった男だ――

平助は落ち込んだ様子で先を続けた。

「あの弘吉さんの女房の具合が悪いんだ」

「病は重いのですか――」

「この夏は越せねえだろうって、医者から言われてるそうだ。食も日に日に細くなるばかりさ。それで弘吉さんは、鮎好きの女房のために、評判の鮎姫めしを食べさせたいんだよ。俺が察して頼みに来たってわけさ」

「どうして、その弘吉さん、自分でここへ注文に来ないの？　来てくれたら、鮎姫めしの他にも、病人さんに食べてもらえそうな鮎料理を教えられるのに。鮎かけ、鮎素麵、病人さんにはこっちの方が喉《のど》ごしがいいかも。ねえ、季蔵さん」

首をかしげたおき玖に同意をもとめられた季蔵は、

「たしかにそうですね」

頷くほかなかった。

――思えば、あの弘吉さんはわたしの目を避けて話していた――

「押上《おしあげ》村に住んでる弘吉さんは人嫌いなんだよ」

平助が理由を話すと、

「人嫌いったって、商いはしてるんでしょうが――」

「まあ、そりゃあ、そうなんだけど」

おき玖の物言いに平助はしどろもどろとなり、

――人嫌いになるにはそれなりの事情があるはずだ――

「きっと、病人の世話もあってお忙しいのでしょう」

季蔵はおき玖が得心するであろう言葉を口にして、この話を打ち切った。

「それなら、二人分、鮎姫めしを毎日今時分に用意しとくから、平助さんには悪いけど、ここへ取りに来てもらえないかな。鮎かけや鮎素麵までは届けてあげられないけど、どうか、その代わりだと思って」

情に脆《もろ》いおき玖の目も赤かった。

何日かして、塩梅屋に立ち寄った長崎屋五平も、この鮎姫めしの評判を聞きつけてのことだった。

彦一があのような死に方をした話は松次が所在を訊きに行った上、瓦版屋《かわらばん》が書き立てて、当然、五平も知ってはいるはずなのだが、もはや、触れようとはしなかった。

「これから仲間内の会合なのだが、どうしても、鮎姫様に会いたくてね。こうして来てしまったんですよ。うちじゃ、倅《せがれ》があんたに鮎田楽を食べさせてもらってからというもの、

〝鮎、鮎、鮎が食べたい〟とうるさくてね。すっかり好物になっちまってるんだよ。まずは父親のわたしが食べて、その後、あんたを拝み倒して、作りに来てもらおうかと言うと、今度はおちずの奴が、〝旦那様の食べた話を聞かせてさえくだされば、季蔵さんに敵《かな》わないまでも、自分なりに五太郎《ごたろう》のために作ってみせます〟って、意気込んじまってる。いやはや、鮎姫様騒動だよ」

五平はにこにこと笑いながら洒脱《しゃだつ》に近況を話した。

――よかった、家族にまで降りかかりかねない暗雲が去って、五平さんに常の平穏と笑いが戻った――

「さあ、どうぞ」

季蔵が差し出した飯茶碗に箸をゆっくりと遣った五平は、

「さすがだ。混ぜめしは鯛に限るだなんて、どこのどいつが言ったんだい。そんな奴がいたら、出てきてもらいたいが、この美味い飯は食わせてやらないぞ。よし、思いついた。気立てがよくて根性のある鮎姫の拵える鮎めしが、気位ばかり高くて意気地のない鯛姫の鯛めしに勝つ噺を創《つく》るぞ」

噺家松風亭玉輔《しょうふうていたますけ》の顔になった。

――気立てがよくて、根性のある鮎姫はきっとおちずさんなのだろう、それと――

「もしや、お内儀さんによいことがあったのでは？」

季蔵はぴんと来た。

「実は今度は姫御前がいいって話を、今朝してきたのさ」

五平は酔ってもいないのに赤い顔になった。

「まあ、よかった。おめでとうございます」

おき玖がはしゃいだ声で祝いの言葉を口にした時、がらっと油障子を引く音が聞こえた。暮れ六ツ（午後六時頃）の鐘には間があって、暖簾《のれん》はまだ出していなかった。

塩梅屋の土間に一人の変わった様子の男が立った。

どこがどう変わっているのかまでは、一言では到底言い尽くせなかった。

頭髪にところどころ白いものがちらつき、年齢《とし》は五十歳近くで、がっしりした身体つきをしている。

似合って見えない町人髷《まげ》に、大店の主でなければ着ることのできない、贅沢な大島紬《おおしまつむぎ》の小袖と揃《そろ》いの羽織、これもどことなく借り物のように見えた。

切れ長の目は鋭くこそなかったが、陰鬱《いんうつ》な翳《かげ》りがあって、達観してのどかな老人の目とはほど遠い。

「ここは鮎めしで名を売っている店だな？」

男の声はくぐもっていて、話すのが苦手なようであった。

「はい、左様でございます」

季蔵が頭を垂れると、

「通旅籠《とおりはたご》町にある天乃屋《あまのや》という旅籠《はたご》に、こちらがいいと言うまで鮎めしを届けてほしい。

わたしは大月屋荘兵衛《おおつきやしょうべえ》だ」

「わかりました。鮎姫めしを通旅籠町の天乃屋さんにご逗留《とうりゅう》の大月屋荘兵衛様まで毎日で。ただし、鮎が揃わない時はご容赦願います」

季蔵は最後の一言を思い切って告げた。

鮎が揃わず、鮎姫めしが作れないことを、相手が承知してくれるだろうかと不安だったからである。

大月屋荘兵衛の心は、それほど、鮎姫めしに対する想いだけで占められているように感じられた。他のいかなる感情も感じられなかった。

──怒り出すのではないか？──

季蔵が身構える思いでいると、

「ここへ来て、鮎姫めしとはな──」

予想に反して、大月屋は当惑気味に一つ大きなため息をつくと、大きな背中を向けて立ち去った。

居合わせて話を聞いていた五平は、

「のっぺらぼうが鮎めし、鮎めしと吠《ほ》えていて、鮎姫めしの名を聞いたとたん、しゅんと大人しくなっちまいましたね」

茶化してはいたが、的を射た感想を洩《も》らした。

──たしかに、うちの鮎めしは鮎姫めしだと告げた後、なぜか、あの男の心は揺らいでいた――

「背中を見ましたか？　あの隙の無さは剣術の手練《てだ》れに違いありません。髷も着物もしっくりきていません。あの男は商人などではなく、大月屋荘兵衛も仮の名でしょう。怪しい。どうか、季蔵さん、くれぐれも気をつけてください」

今度はこちらが案じる番だと言わんばかりの五平の忠告に、

「ありがとうございます。今後用心いたします」

礼を言いつつ、季蔵は今一つ、相手が悪者だとは思えなかった。

――最後の一言を洩らした時、あの男の目には苦悶《くもん》に似たものがよぎっていた――

よく似たものを、どこかで見たような気がしたが、どこでであったのかは、思い出せずにいた。

六

そうこうしているうちに、何日か過ぎ、塩梅屋にお連から使いの者が来て、

「すぐに鮎姫めしを届けるようにってさ。約束してて、いの一番に食わせてもらえるはずだって、お連さん、ご機嫌斜めだったよ」

と告げた。

――たしかにお連さんとも約束していた――

「ところでお連さんはまだ米沢屋さんの家作に？」

「そうだよ。今日中に届けるように言えって、たいした剣幕だった」

季蔵は早速、この日炊きあげたばかりの鮎姫めしを折り箱に詰めて、お連のもとへと向かった。

もとより、失意でいるとは到底思えなかったが、

「季蔵さん、俄《にわか》人気で、すっかり、お見限りじゃないの」

お連は、その拗《す》ねた言い回しとは裏腹に血色もよく、幾らか肥えたように見えた。

「さあ、さあ、入って」

せき立てられるように招き入れられて、散らかっている座敷で向かい合う。

「つまらないことに、あんたは呑まないんだったわね。あたしはいつもの通りで――」

お連は冷や酒を杯でぐいと呷った。

「どうされているのかと案じてはおりました。ただし、ここにおられるかどうかもわからないので、あの時の約束を果たせずにいたのです」

季蔵は目を伏せた。

「米沢屋の旦那さんがあんなことになっちまったでしょう？　あたしも後ろ盾がなくなって困ってるのよ」

その実、両頬が餅《もち》のようにぷっと膨れて見えるお連は、困っている顔では少しもなかった。

――こちらが気押されかねないほど、元気いっぱいの様子だ――

「お通夜や野辺送りだって、あたしは日陰の身だから、顔を出しようがないしね。まあ、そで吉さんの時もそうだったけどさ」

神妙な物言いではあったが、役者にでもなって、悲運な身の上をことさら嘆いているかのようだった。

「美濃屋さんに限られた半月の間に、ここを出て故郷《くに》にでも帰るつもりよ」

「故郷はどこです？」

「そうねえ——まあ、上方とでもしておきましょうか」

——自分の故郷が咄嗟に出てこないわけがない。嘘《うそ》をついている。お連さんの言っていることは当てにならない——

「ここを引き払う前に、お約束を果たせてよかったです。鮎姫めし、お気に召しましたら、また、お申し付けください」

季蔵は立ち上がり、

「ほんとにまた、お願いしていいのね？」

お連は鮎姫めしの入った折りを手にして、鼻を近づけ、

「うっとりするようないい匂いだわよ。江戸の名残は鮎姫様——なんてね」

玄関まで送ってきた。

季蔵が格子戸を閉めたところで、

「旦那、旦那」

蓬頭垢衣《ほうとうこうい》の物乞《ものご》いが近づいてきた。

「恵むものはない」

あいにく財布を忘れてきていて、一銭たりとも持ち合わせていなかった。

「そんじゃ、こいつが売れるか、どうか、見てくだせえよ」

物乞いが真っ赤な褌《ふんどし》二人分を押しつけるように差し出した。

「こんな往来で──」

思わず、戸惑った声を上げると、

「心配なら近くにいいところがある」

物乞いは聞き覚えのある声になった。

「まさか、あの蔵之進《くらのしん》様」

伊沢《いざわ》蔵之進は南町奉行所同心ながら、筆頭与力だった養父の家督を継いでいた。そして、徹底して悪を憎んだ養父の真右衛門《しんえもん》同様、南、北の区別なく関わらずにはいられない気概の持ち主であった。

ただし、日頃は細めれば細めるほど、胡散臭《うさんくさ》く見える目の表情ともども、軽薄な風来坊の印象を否めない。

「一度は化けてみたかったのだが、この形《なり》だけは、古着屋の二階に見当たらないので難儀した。仕方なく、物乞いと仲良くなって分けてもらった」

古着屋の二階とは、古着屋の副業の一つで、何らかの事情で身分や風体を偽りたい客たちのために、一化けする着物や履物、鬘《かつら》、化粧道具等を取り揃えている。

「それにしても驚きました」

蔵之進は驚いている季蔵を裏の林に促した。

「しかし、この形も無駄ではなかった。お連のところへ三日にあげずに通い詰めて、乞うているうちにとうとうこれらが――」

蔵之進は真っ赤な褌を季蔵の目の前に広げた。

「これは――」

褌の端に釜八《かまはち》と書かれた文字がはっきりと見えた。

「もう一枚ある」

次に広げた褌には、寅三《とらぞう》と書かれている。この文字も黒々としていた。

「名入りの男の褌ともなれば、誰の仕業か、容易に見当もつこうというもの――」

「物乞いに姿を変えたあなたに、褌を恵んだお連さん――」

「間違いない」

「お連さんは釜八と寅三とも関わっていたと？」

「彦一も出入りしていただけではなかった」

――墓荒しでもあった彦一のことを、墓掘り人たちは不慣れだと言っていた――

「ここ半年ほどの墓荒しは、どの墓も無造作に掘り起こされているのでは？」

「その通りだ。南が調べた墓荒しの下駄の跡は、彦一のものほど際立って大きくはなかった。釜八、寅三も決して小柄な男ではなかったが、彦一ほどではない」

「墓荒しの首領はお連さんだと？」

「当初、お連の家を見張ったのは、そで吉殺しを疑ってのことだった。そのうちに米沢屋だけではなく、彦一まで、足しげく出入りして、お連の色香に惑わされているのがわかった。一度だけ訪ねて来たおまえさんの姿も見た。そして、米沢屋に殺された彦一が墓荒しだったとわかると、この家にはただならぬ妖気《ようき》が漂っているように思えた」

「それで物乞いの形をしてまで、隠していることを探ろうとしたのですね」

「足の大きさから推して、墓荒しが彦一一人ではないとすると、お連は色香にものを言わせて、何人もの力自慢の男たちを操り、盗み続けさせていたことになる。そのあたりを探ろうとしたのだ。褌に名を書かれた二人は、ここまで自分を想ってくれているのかと、さぞかしたとはな。まさか、河童天誅にあったとされている、釜八、寅三まで自在にしてい鼻の下を伸ばしたことだろう。だが、釜八、寅三、彦一と変わったのは、なぜか先の二人が骸になり果て、墓場のみならず、寝間でも用を足さなくなったからだ。非情なお連は根っからの性悪女だ。役に立ちそうな、そこそこ屈強で欲深な男たちと見ると、自分の方から声をかけ、色と欲の両方で操ってきたのだ」

「お連さんが米沢屋さんに近づいたのは、家を得て、悪の根城にするためだったのですね。娘婿のそで吉さんも夢中にさせて、主と張り合わせたのは、そこまですれば、確実にあの店の身代を自由にできると思ったからでしょう。お連さんは多情に見せていて、実は手堅い計算一筋の女だったというわけですね」

　そこで季蔵が、まもなく、あの家を引き払うというお連の言葉を伝えると、

「闇に紛れて、盗んだ品を遠くまで運んで金に換えるつもりなのだ。江戸の名残は鮎姫様か——鮎姫めしを届けろとおまえさんを呼んだのが気にかかる。江戸での食べ納めのつもりでは？　あの家のまわりは田圃《たんぼ》ばかりだ。今すぐ、発《た》とうと決めても、人目は気にせずとも済む。これは出直してなどいられない」

　蔵之進は肩の出ている破れ傘のような着物の両肩口を、申しわけ程度に引っ張って、

「これで御用を果たすはいささか気が咎めるが、まあ、これもあることだし、仕方あるまい。つきあってくれ」

　にやりと笑って、褌に挟んでいた十手を取り出した。

　季蔵は蔵之進と共に再び、お連の家の前に立った。

「おまえさんは裏から蔵へ」

「わかりました」

　蔵之進は表から、季蔵は裏木戸へと回った。

　裏木戸近くに出入りした、大八車の轍《わだち》や人の足跡がないかどうか、周囲の土の上に目を凝らした。

　何日か、夕立がなかったことと、思い合わせて、

——少なくとも、ここ何日かは、この裏木戸は使われていない——

幸い、裏木戸にさるは下りていなかった。

裏木戸を抜けて蔵へと向かった。

表から蔵之進が緊張した面持ちで歩いてきた。

蔵の鍵《かぎ》は外されていた。

二人はあっと顔を見合わせる。

蔵之進の後を季蔵が進んだ。

七

蔵の中は長持ちを含む大小の箱がきちんと整頓されて並び、積み重ねられていた。

埋葬品だったと思われる、銘のある茶器や壺《つぼ》、簪や櫛《くし》、根付け、大小の仏像、水晶珠等の高価な品々の入った箱を、幾つか確かめた蔵之進は、

「これらはすべて、墓荒しで築いた財なのだな。墓荒しは押し込みなどに比べて、詮議《せんぎ》も緩いゆえ、目をつけたのはさすがだが――」

ため息をついて、

「仏になった人たちから盗みを働き、供養を妨げるとは、言語道断。さしもの、残虐非道な地獄の鬼たちも呆《あき》れ返るであろう、恐れを知らぬ浅ましい所業だ」

険しい表情を見せた。

――持ち去られて、売られてしまう前でよかった。これで持ち主たちのところへ戻すこ

とができる――

季蔵は次の指示を待った。

「この動かぬ証でお連を引き立てることができる」

蔵之進は出口へと歩き、季蔵もつき従った。

足音を忍ばせて二人は玄関から家の中に入った。

廊下を歩いて、お連の部屋へと行き着く。

障子を開けたとたん、季蔵はあっという叫びをかろうじて呑み込んだ。

「遅かったか――」

蔵之進が呟いた。

お連が梁《はり》に通した扱《しご》きにぶらさがって死んでいる。

「書き置きがあります」

季蔵は畳の上にはらりと落ちている文を取り上げた。

それには以下のようにあった。


釜八さん、寅三さん、彦一さん、それから、米沢屋の蔵からの持ち出しがむずかしくなると、そで吉さんにまでも、墓荒しをさせていたのはあたしです。

物心ついた時から、食うや食わずで、お女郎に売られかけたこともあったあたしは、とにかく、お金が大事でもっともっと欲しかった。

けれど、思えば墓荒しはたいした罪です。

こんな罪を犯した身にお金があっても、罰だけが当たって、何にもいいことがないように思えてきました。

なので、この罪を償うことにしました。

名乗り出て、首を刎《は》ねられるよりもこの方があたしらしいと思いました。

連

「字が酷く乱れている。おそらく、酒を飲み過ぎ、発作的に自害を思いついたのだろう」

——たしかに、鮎姫様だと喜んでいた時は、そんな様子は微塵《みじん》もなかったな——

季蔵は咄嗟に鮎姫めしの詰まった折りを探した。

「どうしたのだ？」

「わたしの届けた鮎姫めしの入った折りが見当たりません」

「食べたから捨てたのではないか？」

「探してみます」

季蔵は厨と勝手口の外を探したが、それらしきものは見当たらなかった。

「ありません。それにこれはわたしの考えですが、人は食べて満たされた時に、自死など考えないのではないかと——」

「折りがあれば、突然、死にたい思いに駆られて、食べるのを止めて、自ら縊《くび》れ死んだことも腑に落ちるが、それが消えたとなると、これは――」

蔵之進は探るような目を向けてきて、

「それに、いくら突然思いついた自死でも、これほど字が乱れるでしょうか？　言われたことをそのまま、ただただ、怯《おび》えて書いているような字のように見えます」

季蔵は言い切った。

「まあ、たしかに、死んで罪を償うなどという、殊勝な心がけの女には見えなかった。悪を悪とも思わぬ強気で、面白可笑《おか》しく生きていくような女だったぞ」

「ですから、もしやして――」

季蔵は骸を調べてはどうかと進言した。

「よかろう」

二人は梁からお連の骸を下ろして、着ているものや髷の中を確かめた。

「こんなものが――」

片袖からころんと一つ、大きな真珠玉が転がり落ちた。

「ここにも――」

季蔵は島田に結い上げる時、ほどよい膨らみを作るために使う髢《かもじ》から、血赤珊瑚《さんご》のこれまた大きな真円の玉を見つけた。

「どちらも一寸七分（約二センチ）はある。ここまでのものを目にしたのははじめてだ」

蔵之進は息を呑んで、

「真珠も珊瑚も遠く西国の海でとれる将軍家への献上品で、表向き、いっさいの流通は差し止められているが、そこそこの品は闇で取り引きされているという噂《うわさ》もある。だが、ここまで極上の品は、売り買いされるわけもない、これには、恐ろしいほど奸智《かんち》に長《た》けた、盗賊まがいの商人が絡んでいるはずだ」

うーむと両腕を組んだ。

「あれ?」

ふと、庭に目を転じた季蔵に軒下に並んでいる変化朝顔の鉢が目に入った。季蔵は彦一が変化朝顔の鉢だけを仇《かたき》のように盗んでいたことを思い出した。

「その軒下にある変化朝顔の鉢の中に、玉を入れる小箱が二個見つかるかもしれません。盗んだ者が追われて、逃げている間に真珠と珊瑚の入った小箱を、変化朝顔の鉢に隠したのかもしれません」

あわてて、蔵之進が庭先に飛び降りて、並んでいる鉢を検めると、そのうちの二鉢に小箱が花や葉に隠れるように置かれていたが、開けると中は空だった。

「彦一から話を聞いたお連さんはさらに欲を出して、盗んできた変化朝顔の鉢は一度、ここへ届けさせ鉢の中を検めてから、先方へ回していたのです」

「なるほどな。それにしても、彦一を操っている黒幕の上前を撥《は》ねようなんて、凄《すご》い女だ。悪党にしておくのはもったいないな。しかもいい女ときてる」

蔵之進らしい物言いをし、

「これだけの品の売買となると、男たちの助平心に付け込んだ墓荒しとはわけが違う」

と、続けた。

「そうでしょうね」

「それがお連の命取りになったのだ。彦一を雇っていた黒幕は、なかなか見つからないことに不審を感じて、彦一の周辺を探ってお連に行き着き、お連が玉《ぎょく》をくすねていると確信したのだ。それで、少し前、ここへ来て、玉を出させようとしたが、お連は知らぬ存ぜぬを通した。で、お連に何かうまいことを言い含めて、書き置きを書かせた。しかし、お連は性悪女だ。途中でその甘言に気付いたのだろう。そこで、せめてもの腹いせに、肌身離さずにいた大事な二つの玉を、隙を見て、隠し直した。おそらく、両袖に隠していて、一つを髷の中に隠したところで、首を絞められ、気を失わされて吊るされたのだろう。袖を振れば見つけられたであろう、もう片袖の玉が奪われずにいたのは、神が我らに味方した、これがまず一つ。あと一つは、女ならば誰でも、魅入られずにはいられない美しい玉のために、命を落としたお連に、多少なりとも、神が哀れの念を抱かれたからかもしれぬ」

聞いていた季蔵は、ふと、昔捕らえた罪人の娘に怨恨《えんこん》ゆえに刺され、自害に見せかけてその罪を隠そうとした蔵之進の養父伊沢真右衛門のことを思い出していた。

――罪を憎んで人を憎まず。短いご縁だった真右衛門様に、事件と関わってお話を聞くことはなかったが、蔵之進様はお養父上《ちちうえ》に似てこられたのではないか――

「俺は悪党お連の最期の根性に一矢報いてやりたい気がする」

蔵之進は静かに言った。

季蔵はこの日のうちに烏谷に使いを出し、経緯《いきさつ》を話した。

「鮎姫めしは美味いのう」

離れにどっかりと座って団扇《うちわ》を使いながら、烏谷は三膳、四膳と代わりを平らげていった。

「美味いが今日を限りに仕舞いにしなければならぬゆえ、心ゆくまで食うてやる」

突き出された飯茶碗を満たしながら、

「なにゆえ、今日を限りなのでございますか？」

季蔵は訊かずにはいられなかった。

「そちの話では、この鮎姫めしの折りが無くなっていたというではないか？」

「ええ」

「まだ温かかったか？」

「今の時季ですので幾分は――」

「ならば、持ち帰ったそ奴は、そちと塩梅屋を知ったことになる。鮎姫めしは有名ゆえな」

烏谷は大きな目をぎょろりと剝いた。

「わたしが玉を託されたと思われていると？」

「その通りだ。是非是非そう思っていてほしい。それで持ち去った応《こた》えに、鮎姫めしを仕舞いにして見せるのよ。これで敵はこちらがはっきり果たし状をたたきつけたと知るはずだ」

「しかし、それでは——」

——自分一人が狙われるのはいいが、お嬢さんや三吉までとなると——

「鮎姫めしの作り手を知られたからには、どのみち、もう退《ひ》くことなどできはせぬ。そちたちばかりではない。わしはもとより、お涼《りょう》、瑠璃《るり》までも命がけになるやもしれぬぞ。こうなったら闘うしかないのだ」

烏谷はさらりと言ってのけて、

「矢島《やじま》藩の真珠と大池《おおいけ》藩の珊瑚。出所は間違いないはずなので、きつく問い詰めたところ、江戸家老が緊張のあまり、汗みずくになって、藩邸が盗賊に襲われ、小箱ごと玉を盗まれた、とやっと白状しおった。追っ手をかけたが、捕らえられなかったことを恥じていて、もっと早くに献上させていただいておればと、どちらの江戸家老も平身低頭だった。窮迫している藩政のため、危ない橋を渡っているのではないかと、痛くもない腹を探られたくなかったのだろう」

「盗賊の表の顔は商人ではないか、と伊沢様はおっしゃっておられました。わたしもそう思います」

「江戸家老たちによれば、各々、これほどの品は、百年に一つ、出るか出ないかの逸品だそうだ。市中で密《ひそ》かに競《せり》をするとなると、買いたい金持ちに仲介する商人の手には、百両、二百両の金が渡る。額に汗せずして、濡《ぬ》れ手に粟《あわ》のごとく、盗品を売りさばいて、涼しい顔をしている商人を見逃すわけにはいかない」

「わたしには気がかりなことがございます」

声を荒らげた烏谷とは対照的に、季蔵は平静そのものだった。

「言うてみよ」

「この夏、二件の河童天誅が起こり、河童話をして胡瓜を売り歩く平助さんが疑われましたが、番屋に留め置かれていた時にそで吉さんが殺されて嫌疑が晴れました。その後、共に河童絵があったというだけのことで、彦一を殺した米沢屋が、そで吉さんも手にかけていたと見なされ、さらに、先の二件の河童天誅の下手人にまでされています。お連が墓荒しの首謀で、殺された釜八と寅三、彦一が配下にあったことは事実でしょうが、殺しについては文に記していません。そして、この文が敵の書かせたものだとすると、あえて、偽りを書かせず、先手を取って、こちらへ挑みかかってきているのです」

「鮎姫めしを止《や》めて、先手を取ったつもりがすでに取られていると申すのか?」

烏谷は唇を噛《か》んだ。

「わたしは米沢屋が家宝の宝船を差し出す羽目になるほど、彦一に強く脅されていたのは、そで吉さんを殺すところを見られたからだとは思いますが、偶然ではないような気がします。なぜなら、人の弱みに付け込む、あのような生業の彦一に、偶然などということはあり得ないからです」

「敵が朝顔泥棒として雇っていた彦一に、別の知恵をつけたというのか？」

「知恵をつけていたのは、米沢屋についてだけではなかったはずです」

季蔵の頭に無表情の五平の顔が浮かんで消えた。

「ようは敵の裏の顔は、盗賊であるだけではなく、金を積まれて頼まれれば、人を巧みに嵌《は》めて自滅させる潰し屋だというのか？」

烏谷の声が珍しく震えた。

「はい」

「釜八、寅三、二人の命を潰したのもそ奴だと？」

「その可能性はあります」

「しかし、二人は市中に掃いて捨てるほどいるごろつきにすぎぬぞ。頼む奴がいるとは思えぬ。これらを潰す目的は？」

「わかりません」

季蔵はこの時、何日も逗留先の旅籠に鮎姫めしを届けている、大店の主の形をした初老の男、大月屋荘兵衛の目を思い出した。

――あの目は、苦悶などではなく、暗く冷ややかな目であったかもしれない――

「もし、ごろつき殺しに目的があったのだとしたら、解いてみせよ、自分の正体を突き止めてみよ、と我ら、お上に挑戦してきているのだ。何と不埒《ふらち》極まる振る舞い。詮議されれぬよう、お連を自害に見せかける知恵も持っている、怜悧《れいり》な奴だ。なんとしても、その奴を捕らえねばならぬ。このままでは、金のため、利のため、人の命など虫けら同様と、平気で踏みにじって、ますます太《こ》えてしまう」

烏谷は血走った目で言い放ち、季蔵は深く頷いた。

八

それからしばらく、季蔵は旅籠に泊まり続ける大月屋荘兵衛の夢を見続けた。

大月屋の顔は店を訪れて以来見ていない。

だが、夢では毎日のように遭った。

その日によって目の表情は違って見える。

苦悶に見えることはなくなり、獰猛《どうもう》だったり、冷酷無比だったりする。

——心が弱っている証だ——

季蔵は自らを叱咤したが、

——わたしはお奉行様の命でそで吉殺しを調べていて、お連の家にも足を運んでいた。そんな様子も大月屋という名を騙《かた》っているあの男に、彦一とももどもも見られていたのではないか？　そして、さらに厳重に見張るために、姿を変えて鮎姫めしを運ばせている？　大月屋は釜八、寅三、そしてお連を手に掛けた張本人なのでは？——

疑念は去らず悪夢は続いた。

――このまま心を弱らせては相手の思う壺だ――

季蔵は三吉に代わって、自ら大月屋荘兵衛に鮎姫めしを届けることにした。

――もう一度、夢の中ではなく、あの男に会いたい――

鮎姫めしを筆頭に鮎料理は品書きから外して、今後は大月屋と死に瀕している弘吉の女房に届けるほかは、八重乃母娘の開店祝いだけにしようと決めている。

――こちらから攻めなければ負ける――

だが、五日続けて届けても、大月屋は旅籠の玄関先に出てこない。

「これは十日分のお代だそうです」

年配の女将《おかみ》が支払いの金子を渡してきた。

「大月屋さんはあとどのくらいお泊まりです？」

訊いてみずにはいられなくなると、

「はっきりとはおっしゃいませんが、まだ当分おいでのようです」

「商いでお忙しいのでしょうね」

「日に一度はお出かけです」

「どんなお客さんです？」

思い切って訊《たず》ねた。

「お酒もあまり呑まれない、大人しい方ですよ。お供の番頭さんや手代さんとしか話さないしね」

「その他には？　訪ねてくる方とかはおいでなのでしょうか？」

「今のところ、おられませんが、何のためのお尋ねかしら？」

女将は眉と額の皺《しわ》を同時に寄せた。

「いえ、お客様でもあれば、また手前どもの料理をご注文いただけるかと――」

「おたくはもう、鮎姫めしは店出しにしていなくて、大月屋さんのような、前から約束したところだけに限って、届けていると噂で聞きましたよ」

「うちは一膳飯屋です。鮎姫めしだけではなく、いろいろな料理をお作りできますので――」

あくまでも季蔵は商いのためだと言い通した。

「でも、うちにも板前はおりますしね」

とうとう女将は顔をしかめて奥へ入ってしまった。

この後、季蔵は押上村に住まうという、弘吉を訪ねることにした。

「平助さんが来たら、見舞いを兼ねて、わたしが立ち寄ると伝えてください」

この日、季蔵はおき玖にそう言い置いて、塩梅屋を出てきていた。

木原店からは遠いこともあって、ここへの届けは平助が日々引き受けている。

「よく続くこと。あたし、見直しちゃったわ」

おき玖が平助に感嘆すると、

「俺、昔、若い頃、どうにもこうにも、落ち込んでたことがあってね。死んだ方がいいなんて、思い詰めてた。そんな時、弘吉さんと女房のお篠《しの》さんに支えられたんだよ。それで、いつか、恩返しがしてえって思ってたんだ」

平助は真顔で洩らした。

弘吉のところへと向かう途中も、季蔵の頭から大月屋のことが離れない。

──女将は日に一度は出かけると言っていたな、誰の見張りをしているのだろう？　瑠璃のいる南茅場《かやば》町にまで、足を延ばしているとしたら──

すでに、相手が相当の手練れであることは見当がついている。

季蔵は平常心ではいられなくなった。

弘吉の家の前に立った。

背後に鬱蒼《うっそう》とした奥深い林を抱いているその家は、ぽつんとある一軒家で、庭いちめんに暮らしの糧となる有用草木の栽培がされていなければ、まさに、世捨て人の庵《いおり》のように見える。

左右に石の柱が立っているだけで、外と中を隔てる門戸こそなかったが、一瞬中へと足を進ませるのが躊躇《とまど》われた。

──なぜか、人を寄せ付けない空気がここにはある──

どうして、こんなところに殺気が漂っているのか、季蔵にはわからない。

──これもある──

季蔵は玄関へと続く黒土に、熊手《くまで》の先で細かな掃目《はきめ》がくまなく引かれているのを見た。

――人が歩けば、この筋が乱れる。門戸で閉めきらずとも、侵入した者がわかる。ここは隠れた城砦《じょうさい》だ――

そう思うと、ぎらぎらした夏の陽《ひ》の下で、青々と葉を茂らせている青物や薬草までもが、得体が知れず、不気味な様子に見えてくる。

――とにかく届けなければ――

季蔵は筋の上に自分の足跡が残るのを意識しながら、戸口に、あと数歩と迫った。

この時、ふわりと背後に匂いを嗅《か》いだ。

肩越しに振り返る。

相手と目が合った。

――逃げなければ――

咄嗟に季蔵は裏へと走り抜けることを考えた。

――しかし、今ここで後ろを見せては――

季蔵は相手をじっと見据えた。

「なにゆえ尾行《つけ》て来たのだ？」

言葉がやっと出た。

すると相手は、

「そなたは――」

首をかしげた。

――覚えていない？　まさか――

「惚けているのか？」

季蔵は見据えたまま訊いた。

相手の目は季蔵が手にしている折りに注がれ、次には、そこへ向けて鼻を蠢かせ、

「塩梅屋の主であったか」

ふうとため息をつくと、

「わしはお夕《ゆう》に会いに来ただけだ。病だと聞いている。どうか、会わせてくれ」

慣れている侍言葉で懇願する口調になった。

――この目だった、やはりこの男の目は苦悶を滲ませていた――

この時はじめて季蔵は、相手が匂いで気づいた理由がわかった。

大月屋荘兵衛も、季蔵が届けたと思われる鮎姫めしの折りを手にしていた。

――この展開はいったい――

季蔵は用心を怠らずに、一歩、二歩と戸口へと近づいた。

「お夕に会わせてくれ、お願いだ」

そろそろと大月屋もついてくる。

そしていいよいよ、季蔵が戸へ手を掛けようとした時、力の限り走り通してきた様子の平助が息を切らしながら、

「駄目だよ、駄目。戸を開けたら最後、釜八や寅三みてえにお陀仏《だぶつ》になっちまう」

季蔵の前に立ちはだかった。

——釜八や寅三？　これはいったい、どういうことなんだ？——

それでも、力は抜くまいと、踏ん張っていると、

「平野《ひらの》様、宣啓《のぶひろ》様」

縁先から歩いてきた弘吉が、大月屋に向けて一言大きく放った。

——そうだった、弘吉さんの目も苦悶で翳っていた——

「おおっ、松田《まつだ》弘太郎《こうたろう》よな」

平野宣啓こと大月屋荘兵衛が感無量の声を出した。

この後、季蔵、平野宣啓、松田弘太郎、平助の四人は、縁先から上がって、武家の娘だった頃は、お夕という名だったお篠の枕元《まくらもと》に座った。

平野宣啓を見たお篠は、

「お夕でございます。ご立派になられましたね」

病で窶れてはいても、少女のように可憐《かれん》なまなざしを向けた。

「そなたのことを忘れた日は一日としてなかった」

宣啓はお篠の手を取って涙にむせんだ。

「どのくらい時が流れたかの？」

「さあ、どのくらいでございましょう」

「そなたは昔のままじゃ、白百合《しらゆり》の花のように美しい」

「まあ、勿体《もったい》ない――」

「それとそなたのために鮎姫めしとやらを持参した。姿のいい色白のそなたは鮎にもよく似ている。たしか、そなたは鮎が好みで、余が〝共食いではないか？〟とからかったのを覚えている。心弾む一時だった。あんな楽しかったことは、あれ以来まったくない。それゆえ、ついつい、このところ鮎姫めしばかり食うてしまっていた」

　またしても、宣啓の目が潤んだ。

「ありがたき幸せにございます」

「そなたに会いたい、味わわしてやりたいと思いつつ、思い切れず、なかなかここまで来れずにいたのは――」

　先を続けようとした宣啓は、

「おや、眠ってしまったか――」

　すやすやと寝入ってしまったお夕の顔を愛《いと》おしそうに見つめた。

「弘太郎、そちには迷惑ばかりかけた。そのせいで、身分を隠して市中の旅籠に泊まりながらも、ここへの道のりは遠かった。近くまできても、どうしてもここへ声をかけられずかえってしまうことを繰り返していたのだ。許せ」

　宣啓は松田弘太郎こと弘吉に頭《こうべ》を深く垂れた。

「こちらこそ、どうか、お許しのほどを。討たれるが武家の習わしと知りつつも、市井の一夫婦として、生を全うしたいという思いを貫いてしまっていました」

弘吉は宣啓の前に平伏した。

「そなたたちに刺客を向けたのは余ではないが、家来のしたことは余が責めを負わねばならぬゆえ、こうして謝りに来たのだ」

「勿体ない仰せでございます。それと遅れました。御跡目御相続おめでとうございます」

「あの後、兄たちが相次いで逝ってしまったゆえ、予期もせず、藩主の座について、十三代目を名乗ることに相成ってしまった。それがそなたたちにとんだ迷惑をかけることになってしまったとは――」

浜根《はまね》藩主、平野宣啓はこれについての詳細を以下のように話した。

「余は藩主の子とはいえ、妾腹《しょうふく》の六男坊で、藩校の学友で、御納戸頭《おなんどがしら》の嫡男だった弘太郎と共に藩校に通い、剣術に励み、腕白の限りを尽くした挙げ句、同じ女を好きになった。奥で下働きをしていたお夕だ。このお夕の決着を、余が言い出して、剣術試合で決めることにした。弘太郎は余よりも剣が強いのは周知のこと。しかし、余は弘太郎に負けたくなかった――」

試合は周囲の予想通り、松田弘太郎が勝ち、お夕と結ばれることになった。

「これで余がどこぞの藩へ婿にでも出てしまえば、弘太郎たちに難儀が降りかかることもなかったろう。ところが、余は急に藩主になることとなり、周囲が弘太郎はお夕ともども謀反人だと言い出した。二人とも捕らえて、自刃させるか、首を刎ねなければとまで――」

この後は弘吉が語り継いだ。

「忠臣だった父は、そもそも、言われ無き汚名を着せられたのは、お夕のせいなのだから、わたしに、即刻、お夕を手討ちにせよと命じました。そうすれば松田の家が救われると。わたしがお夕と共に故郷を出たのは、父の説得があった夜のことでした。それからさまざまな土地を二人で流れて行きました。生まれつき手先が器用だったわたしは、見込まれて彫り師になり、彫り物の腕も磨きましたが、名が知れるようになると、追っ手の耳に届くのではないかと怖くなって止め、江戸へ行き着いてからは、お夕、いやお篠の得意な種苗作りで暮らしを立ててきました。ところが、半年ほど前、医者にお篠の薬を貰いに行った折に、ばったり、江戸詰めとなっていた旧友に出くわしてしまったのです」

弘太郎の旧友は代々家老の家柄で、この話を国許《くにもと》の父親に書面で相談したところ、即刻、謀反人の探索、抹殺の指示が出たのであった。

聞いていた季蔵は我が身と照らし合わせて、

――弘吉と名乗っていた松田弘太郎さんは、自分に悔いのない、立派な生き方をなさった――

羨望《せんぼう》と感動が胸に溢れた。

「それでごろつきの釜八や寅三が雇われたってわけだよ。奴らはさ――」

立ち上がった平助の後について、季蔵は戸口へと歩んだ。

「あれだよ」

梁の上に大きな石が紐で固定されている。紐の先は戸につながっていて、開けたとたん、石が落ちてくる仕掛けだった。

「俺、弘吉さん夫婦の昔の話は聞いてたよ。好きで好きでならなかった女を取られて、神社の松の木で首括《くく》ろうとしてたのを、思いとどまらせてくれたのも、弘吉さんたちの話あればこそなんだ。おかげで、俺よか、辛《つら》い辛い思いで生き抜いてきた人もいるんだ、死にてえなんて言って、甘えちゃいけねえって思うことができたんだ」

平助は過ぎし日を思い出したのか、宙を見上げるとふうーと小さく嘆息したのち、

「旧友と出くわした時、これは殺《や》られるって、弘吉さんはすぐにも逃げたかったんだが、お篠さんの具合が悪かったんでそうもいかない。それで、この家には生きては一歩も踏み込めないようにしたのさ。勝手口も同じようになってるんで、俺はいつも縁側から上がってる」

と言って縁側を指差した。

「落ちてきた石に頭を潰された釜八、寅三の骸に、河童の頭を描いたり、自分で育てた胡瓜を握らせたのは、平助さん、あなたですね」

——思えば、クラゲに似た河童頭の絵柄と曲がっていない胡瓜、平助さんならではのものが、二つも揃っていて、これが偶然だというのには無理があった——

「こうしときゃ、わけのわからねえ事件になって、うやむやになるだろうって踏んだんだよ。釜八の時は夜更けてのことで、弘吉さんが得意の墨を入れる暇があったんだが、次の

寅三の時は夕暮れ時でまだ、お篠さんが起きてた。血なまぐさい話はお篠さんの身体に障るし、弘吉さんにはお篠さんの世話がある。それで急いで、俺が河童の皿の絵を骸に描いて、北割下水に運んだのさ。けど、素人考え、休むに足りずだよな。番屋に引っ張って行かれた時はもう仕舞いだと思ったよ。でも、どうせ、死罪になるんなら、俺一人でいい。弘吉さん夫婦のことは庇《かば》い通すつもりで、石なんぞ抱かされねえうちに、白状して、楽に首を刎ねられようと思ってた。俺たちのやり様を真似《まね》た殺しが出てくれたおかげで、この首がつながったんだよ」

平助は首をなでた。

「国許にはもう決して、そなたたちに危害を加えないよう、きつく申し渡したので、これからは案じることなく、お夕を大事にして達者に暮らせ」

そう言い置いて平野宣啓は帰って行った。

その後、浜根藩主平野宣啓が手配して届けられてきた名薬が功を奏したのか、今後は世間を恐れずに生きられるという確信と安堵《あんど》によるものか、余命幾ばくと言われていたお篠は、奇跡的に回復に向かい、医者を驚かせた。

あれから半月が過ぎて、八重乃母娘は神田松永町の裏店《うらだな》で搗米屋を開いた。屋号はやはり、米沢屋としている。

季蔵が腕によりをかけた、とっておきの鮎姫めしが届けられたのは言うまでもない。礼にと搗き立ての白米を持参してきた、粗末な縞木綿《しまもめん》姿のお美津は、以前とは別人に見える。足で大きな搗き棒を踏んで、米を搗き上げるのだが、これには男手が要る。

おき玖は案じた。搗き米は店に設《しつら》えた米搗きが必須である。足で大きな搗き棒を踏んで、米を搗き上げるのだが、これには男手が要る。

「あたしたちについてきてくれるっていう、奉公人たちもいたんですけど、しばらくは給金が払えないんで、心苦しいからっておっかさんが断りました。それで、今のところはあたしがやってます。あ、でも、一人じゃないんですよ。平助さんが交替してくれるんです。平助さん、河童話や胡瓜作りだけじゃなしに、初めてだっていうのに、米搗き、なかなか上手《うま》いんですよ。あたしも負けないようにしないと」

意気込むお美津に、ぴんと来たおき玖は、

「八重乃さんは平助さんに給金を払えないのが、嫌じゃないのかしら？」

探るような目を向けた。

「何でも、若い頃からの知り合いだったとかで、おっかさん、平助さんが相手だと楽しそうで――。あたしも今は元気になったけどおっかさんはそれ以上。昼は搗米屋の女主で、夜は昔取った杵柄《きねづか》の仕立物、もう、大張り切りなんですよ。あんな生き生きとしてるおっかさん、見るの初めて。あたしまでうれしくなっちゃう。働くの、辛くなんてありませんよ。だから、もう、心配しないでください」

このお美津が帰って行った後、

「平助さんが死にたいほど辛くて、弘吉さん御夫婦に励まされたり、親から託された小間物屋を閉め、今まで独り身を続けて、河童にのめり込んできたっていうの、もしや、八重乃さんのせいだったんじゃないかしら？　八重乃さん、決めた相手がいたのに、病気のおっかさんのため、めんどうを見てくれるっていう米沢屋さんに、泣く泣く嫁入りしたっていう話、耳にしたことあるもの。それが平助さんだったとはね。平助さんが出遭いたい、出遭いたい、水に引き込まれてもいいって、日頃から言ってた女河童って、実は八重乃さんのことだったのかも」

おき玖は、ついはしゃいだ。

「お篠さんの回復といい、平助さんの力を借りて、新しい米沢屋の開店を喜ぶ八重乃さん母娘といい、ほんとうによかった」

季蔵は穏やかな口調で微笑むと路地へと出た。

――今のようなのどかさがいつまで続いてくれるのだろう？――

もとより、弘吉と平助の犯した罪は封印するつもりであった。誰にも告げるつもりはない。

――お連を手にかけた者は分かっていない。さらにその奥にある闇も――

今日もよく晴れて暑い。

季蔵はゆらゆらと立ち上りはじめた陽炎《かげろう》に目を据えている。

見えている世界が微妙に歪《ゆが》んでいる。
――すでに、のどかさが侵されている――
今年の夏は長く、秋はさらにまた長いのではないかと、この時季蔵は覚悟した。

〈参考文献〉

『聞き書 愛媛の食事』「日本食生活全集 38」森 正史 他編（農山漁村文化協会）

『聞き書 広島の食事』「日本食生活全集 34」神田三亀男 他編（農山漁村文化協会）

『聞き書 山口の食事』「日本食生活全集 35」中山清次 他編（農山漁村文化協会）

『聞き書 新潟の食事』「日本食生活全集 15」本間伸夫 他編（農山漁村文化協会）

『聞き書 富山の食事』「日本食生活全集 16」堀田 良 他編（農山漁村文化協会）

本書は、時代小説文庫（ハルキ文庫）の書き下ろし作品です。

時代小説文庫
わ 1-27

瑠《る》璃《り》の水《みず》菓《が》子《し》 料《りょう》理《り》人《にん》季《とし》蔵《ぞう》捕《とり》物《もの》控《ひかえ》

著者　和《わ》田《だ》はつ子《こ》

2014年6月18日第一刷発行

発行者　角川春樹

発行所　株式会社 角川春樹事務所
〒102-0074 東京都千代田区九段南2-1-30 イタリア文化会館

電話　03(3263)5247［編集］　03(3263)5881［営業］

印刷・製本　中央精版印刷株式会社

フォーマット・デザイン＆シンボルマーク　芦澤泰偉

ISBN978-4-7584-3831-5 C0193

http://www.kadokawaharuki.co.jp/［営業］
fanmail@kadokawaharuki.co.jp［編集］ ご意見・ご感想をお寄せください。

時代小説文庫

和田はつ子

あおば鰹《がつお》

料理人季蔵捕物控

書き下ろし

初鰹《はつがつお》で賑わっている日本橋・塩梅屋に、頭巾を被った上品な老爺がやってきた。先代に〝医者殺し〟（鰹のあら炊き）を食べさせてもらったと言う。常連さんとも顔馴染みになったある日、老爺が首を絞められて殺された。犯人は捕まったが、どうやら裏で糸をひいている者がいるらしい。季蔵は、先代から継いだ裏稼業〝隠れ者〟としての務めを果たそうとするが……（「あおば鰹」）。義理と人情の捕物帖シリーズ第三弾、ますます絶好調。

和田はつ子

お宝食積《くいつみ》

料理人季蔵捕物控

書き下ろし

日本橋にある一膳飯屋〝塩梅屋〟では、季蔵とおき玖が、お正月の飾り物である食積の準備に余念がなかった。食積は、あられの他、海の幸山の幸に、柏や裏白の葉を添えるのだ。そんなある日、季蔵を兄と慕う豪助から「近所に住む船宿の主人を殺した犯人を捕まえたい」と相談される。一方、塩梅屋の食積に添えた裏白の葉の間に、ご禁制の貝玉（真珠）が見つかった。一体誰が何の目的で、隠したのか!?　義理と人情の人気捕物帖シリーズ、第四弾。

時代小説文庫

旅うなぎ　料理人季蔵捕物控

和田はつ子

書き下ろし

日本橋にある一膳飯屋〝塩梅屋〟で毎年恒例の〝筍尽くし〟料理が始まった日、見知らぬ浪人者がふらりと店に入ってきた。病妻のためにと〝筍の田楽〟を土産にいそいそと帰っていったが、次の日、怖い顔をして再びやってきた。浪人の態度に、季蔵たちは不審なものを感じるが……(第一話「想い筍」)。他に「早水無月」「鯛供養」「旅うなぎ」全四話を収録。美味しい料理に義理と人情が息づく大人気捕物帖シリーズ、待望の第五弾。

時そば　料理人季蔵捕物控

和田はつ子

書き下ろし

日本橋塩梅屋に、元噺家で、今は廻船問屋の主・長崎屋五平が頼み事を携えてやって来た。これから毎月行う噺の会で、噺に出てくる食べ物で料理を作ってほしいという。季蔵は、快く引き受けた。その数日後、日本橋橘町の呉服屋の綺麗なお嬢さんが季蔵を尋ねてやって来た。近々祝言を挙げる予定の和泉屋さんに、不吉な予兆があるという……(第一話「目黒のさんま」)。他に、「まんじゅう怖い」「蛸芝居」「時そば」の全四話を収録。美味しい料理と噺に、義理と人情が息づく人気捕物帖シリーズ、第六弾。ますます快調!

和田はつ子の本

青子の宝石事件簿

青山骨董通りに静かに佇む「相田宝飾店」の跡とり娘・青子《おうこ》。彼女には、子どもの頃から「宝石」を見分ける天性の眼力が備わっていた……。ピンクダイヤモンド、パープルサファイア、パライバトルマリン、ブラックオパール……宝石を巡る深い謎や、周りで起きる様々な事件に、青子は宝石細工人の祖父やジュエリー経営コンサルタントの小野瀬、幼なじみの新太とともに挑む！　宝石の永遠の輝きが人々の心を癒す、大注目の傑作探偵小説。